星之魔法少女 2

魔法的覺醒

車人 著

新雅文化事業有限公司
www.sunya.com.hk

人物介紹

畢芯言

年齡：11歲
來自：地球
身分：小五學生，魔法少女
魔法元素：光
魔力來源：星之碎片——紫水晶
魔法裝備：光之魔杖

高柏宇

年齡：12歲

來自：地球

身分：小五學生

魔法元素：火，也能運用風和水

魔法裝備：魔法指環

騰騰

原名：亞古力多克司

年齡：?

性別：?

來自：魔幻國——星空王域

身分：魔法精靈

目錄

温泉異變

穎兒和如欣是一對感情非常要好的中學摯友。一次，她們無意間在一個喜歡尋幽探秘的旅人網誌上得知湯泉島這個迷人小鎮。二人被照片上那一望無際的七色花田深深的吸引着，兩顆心豁然飄了出去，飄到那些從未見過的奇珍異卉上，飄到那片青蔥油綠、蒼翠欲滴的山嶺上，飄到那高聳入雲、形態萬千的峭壁岩石上。當然少不了那傳説中從地底深處湧出來，能夠使人心靈平靜的神秘金黃色温泉。

於是，她倆趁着中學最後一個暑假，決心把這幾年儲起的零用錢用作一趟難忘的畢業背包旅行。

由於地理位置偏遠，迂迴曲折的山路只是居民徒手開闢，這裏並沒有來往市區的公共交通工具。小鎮上的居民似是有意把這裏隱藏起來，所以要來到這個地方一點也不容易。

穎兒和如欣多天以來舟車勞頓，輾轉乘搭了許多種不同的交通工具，再加上徒步走了好一段路，終於在黃昏的時候來到湯泉島。可是誰也沒有想到就在這一天，一道不尋常的冷鋒突然到訪，令整個小鎮籠罩着一襲寒氣。從朝早起未曾間斷的連綿細雨，令這裏的氣温驟變得跟冬天的時候沒兩樣。

隨着夕陽陷入天邊的深灰色迷雲，混雜着濃濃霧氣的天空由灰藍漸變成紫紅色，商店陸續關上大門停止營業，居民都紛紛趕回家。街道變得越來越冷清，一下子只剩下寥寥可數的街燈。

這個地方跟她們在網絡上看到的優美景緻實在相差太遠了。

從湯泉山嶺順勢而下的風就像鬧情緒一樣吹得越來越激烈，而且風聲越來越大，樹木統統被刮得彎下了腰，而密密麻麻的雨粉亦似有漸大的傾向。從沒料到會遇上這種惡劣天氣的穎兒和如欣只穿了薄薄的外套，二人的手腳冷得發抖，唯有緊緊抱着雙臂一直向前走。

「我早就說過網上資訊不可信，你看，這個手繪的地圖根本就是亂畫一通！我們依着這地圖走了半天也找不到旅館！」穎兒不斷埋怨着，「真討厭，手機程式的天氣預報明明說這星期會放晴，怎麼現在雨一直沒完沒了的下個不停？害我冷得快要變雪人了！」

向來是路痴的如欣望着一臉不悅的穎兒，心裏也不好受。都怪自己太過依賴穎兒整理行程，這個時候她完全幫不上忙。

冰冷的雨絲，一串一串落在二人的髮梢和肩膊、衣服和鞋履，使得她們感到越來越沉重。

就在如欣猶豫怎樣安慰穎兒時，穎兒像是發現了大寶藏似的高聲喊了出來：「啊！終於找到了！」

如欣好奇問：「找到了什麼啊？」

穎兒走到一棵老樹旁邊，指着被遮擋了一半的路牌，然後轉身快步往右邊一條雜草叢生的分岔小路走，她笑道：「就是這條路了！地圖顯示只要往這方向走十多分鐘，便會到達旅館！」

「太好了！」如欣放下心頭大石，消失多時的笑容再次展現在她冷得發白的臉上。

天色漸黑，厚厚重重的雲霧盤踞在天空，擋住了初現的星光。二人冒着寒風在稀疏暗淡的街燈下，踏着濕滑而滿布亂石的泥地向前走，好不容易來到小徑盡頭，在不遠處隱約看見一間亮起燈光的屋舍。

「就是那裏！」穎兒興奮地拉着如欣步向旅館。踏入溫暖的旅館那一刻，感覺就似剛剛完成一項披荊斬棘的障礙賽，最後成功衝線。

「我們終於到達了！」累得再不能支撐多一秒鐘的穎兒把整個身體軟癱在沙發上。

迎接二人的是一位慈祥的老太太，她驚見二人被外面的風雨吹得全身濕透，冷得發抖，立即奉上兩杯熱茶讓她們暖一下身子。

「哎呀！你們的衣服都濕透了！」老太太拿出兩塊毛毯蓋在穎兒和如欣的身上。

「我們預訂了一個房間的……」如欣把熱茶一口氣喝光，把微溫的陶瓷杯子放在臉龐取暖。

「其他旅客早就入住了，我一直等着你們啊！」老太太在櫃枱取出鑰匙交給穎兒，說，「這場風雨實在奇怪……咳咳……」

「奇怪？為什麼呢？」穎兒疑惑地問。

「湯泉島的氣候變化不大，早晚温差也不會多。即使是下雨，也只會是短暫的微雨。」老太太望着窗外的大雨，不安地說，「我在這裏住了這麼多年，也未曾遇過這種反常的天氣！」

「乞嚏！」穎兒打了個大噴嚏，髮梢的雨珠一滴一滴地從前額滑落到臉頰上。

「看你們渾身濕透，很容易病倒的。」老太太擔心地說，「我已經整理好浴場，要不你們先到裏頭泡一下温泉，然後才回到房間休息？」

「泡温泉？太好了！」穎兒興奮地從沙發跳了起

來，她毫不猶豫便拉下毛毯拋下背包，急不及待依着通往浴室的指示牌跑去洗澡，怎料一不小心把裝着熱茶的杯子弄翻。

「哎！真不小心。」穎兒皺着眉嘛起嘴巴。

「讓我來吧！」如欣問老太太拿了一塊布，對穎兒說，「你先進去泡一下温泉，我收拾好就過來！」

「那拜託你了！」穎兒做了一個感激的手勢，然後一溜煙的走到浴場去。

清理地下後，習慣整齊的如欣把二人的毛毯和杯子交還老太太，然後從背包拿出二人需要替換的衣物，再把背包放好，檢查一切妥當後才安心走入浴場。

當如欣圍着浴巾步入蒸氣瀰漫的浴池那一刻，她呆了兩秒，然後忍不住驚叫出來！

「怎……怎會這樣的？」如欣悚然一驚，浴場內充斥黑色的迷霧。而眼前理應是金黃色的温泉水，竟然變為啡黑色黏稠稠的液體。

「穎兒——」嚇得手足無措的如欣立即環顧四周，尋找好友的蹤影。

終於，如欣在池邊的大石後找到全身泥啡色的穎兒。剛才數十分鐘前還歡天喜地的她，如今成為一尊只睜着大眼睛一臉惘然的泥像。

如欣不敢相信眼前事實，一邊強忍着驚惶失措下自眼眶湧出的淚水，一邊跑過去叫喚那尊「泥像」。她全神貫注地叫喚着自己的好朋友，完全不覺身後危機將至。

在如欣背後的泉水中，隱隱透出一雙赤紅色的獵眼。牠慢慢地從溫泉裏冒出來，小心翼翼地向着如欣游過去。

然後……

一個黑影突然躍出泉水撲向如欣，把她牢牢地撲倒在地上。被龐然大物壓在地上的如欣早已嚇得渾身抖震，因為映入她眼簾的，竟然是一隻駭人的巨大怪鳥。牠擁有四隻又大又鋒利的爪子，全身披滿了似是橡膠狀的彈性皮膚，背部長着一雙亮黑而堅硬的翅膀，還有一張像鐵鈎子一樣令人毛骨悚然的鳥喙！

「呱——」怪鳥張開巨大的翅膀，遮擋着如欣眼前的光，牠似為捉到獵物而興奮得昂首嘶叫。

如欣感到難以呼吸，就在快要暈眩之際，一道耀眼的紅光從怪鳥身後激射而出，怪鳥應聲彈開。

如欣發現紅光來自一個同樣渾身散發着紅光的長髮少女，令她幾乎絕望的內心重燃希望。

長髮少女揚起嘴角高舉右手，手腕上火紅色鳳凰形狀的護盾產生奇異的變化，鳳凰的翅膀瞬間往外伸延，成為一把巨大的弓箭。少女左手舉弓，右手拉弦，然後高呼：「迷幻紅晶，施展你最耀眼的光芒！」

一枝耀眼的光弦出現在弓上，箭頭注入了烈焰的火球，這火紅光弦把浴場中的黑霧統統驅散。

怪鳥露出猙獰的樣子，拍動黑色翅膀準備作戰。

「燃燒吧！讓紅晶火焰消滅邪惡力量！」燃燒着的光弦射向怪鳥，怪鳥全身被火焰包圍着。牠慌忙地跳入溫泉水中打算逃走，可是那烈火卻未有因而熄滅，整個浴場的溫度也變得火燙。

怪鳥用盡氣力擺脱熊熊烈火，可是任牠怎樣掙扎，卻徒勞無功，最後在火光之中消失。

接着，那少女慢慢步向如欣身旁，瀟脱地撥一下她那像隨時會燃燒起來的橘紅色長髮，然後把手掌伸向如欣，説：「讓我幫你消除這晚可怕的記憶吧！」

如欣在一片迷惘之中抬起頭，在她的指縫間看到那張流露着自信和英氣的臉孔，那一排長長的睫毛下是一雙深啡色的大眼珠。她此時才發現，眼前救她一命的少女，竟是一個比她還年輕的女孩。

耀眼的紅光在少女的掌心閃出，池水悄悄地變回金黃色，變成泥像的穎兒也恢復原狀，彷彿剛才的事從來也沒有發生一樣。

精靈的惡作劇

一朵又一朵沉甸甸的白雲飄過。

「從魔幻國回來已經許多天了，可是一直未有騰騰的消息，到底他現在怎麼了？」芯言獃獃地托着頭，望着窗外蔚藍色的天空陷入沉思，「他會不會遇到什麼危險？我要怎樣才能夠幫忙？」

「畢芯言！」

耳邊的一道厚重聲音驚醒芯言，把她從思海中呼召回來。

一雙凌厲的眼神直直地瞪着發呆的芯言，那張就是中文科芬妮老師的臉。芬妮老師是校內出名嚴厲的老師，即使再調皮的學生也不敢在她的課堂上放肆。

「芯言，放空的時間還未到啊！」芬妮老師彎下腰來，皺着眉頭把芯言桌上的數學課本合上，說，「上一節課堂已經完結了很久！」

「我……對不起……」芯言回過神來，趕緊連聲道歉，一邊在書包找來找去。

「沒有帶課本嗎？我今天可會說一些關於下星期測驗的內容呢！」芬妮老師搖搖頭，歎口氣問，「怎麼最近你總是心神恍惚呢？」

芯言無言以對，尷尬地低下頭紅着臉。

「芯言，上次的測驗你差一點便不合格……」看來芬妮老師打算繼續嘮叨。

「呼嚕……」突然，課室後方傳來一陣怪聲，全班同學的目光移向課室後排的聲音來源。

原來是留級生高柏宇的鼻鼾聲。

芬妮老師見柏宇竟然肆無忌憚的在她課堂上睡覺，臉色一下子轉成鐵青。

芬妮老師挺直腰板，一步一步走向柏宇，在他的桌面狠狠地敲了兩下。趴在桌上睡覺的柏宇整個人撐起來，他張開惺忪的眼睛，抓了幾下蓬鬆的頭髮，然後張大嘴巴打個呵欠喃喃地説：「已經下課了嗎？」

全班同學都偷偷憋着笑，等着看柏宇的下場。

「高柏宇！你怎麼總是不肯認真上課？你立即到門外站着到下課！回去把今天的課文罰抄十遍！」芬妮老師把眉頭皺得緊緊，好不勞氣的把柏宇趕出門外。

柏宇看來沒有半點愧疚，他鬆了鬆筋骨，懶洋洋地站起來。他隨手拿起桌面上的中文課本走出班房，就在經過芯言的座位時，若無其事地把自己的課本放在她的桌上。

「你借給我用嗎？」芯言望着柏宇的背影輕聲問，卻只見柏宇聳聳肩走出課室。

芯言翻開柏宇的課本，發現裏頭並沒有抄寫課堂的筆記，反而畫着很多由大大小小不同形狀拼湊而成的圖案，而且還仔細地寫上每一個「圖案」的用途。芯言細心看清楚每幅圖畫，驚覺這不是魔法陣嗎？其中一個更是小矮人查冬冬在魔法森林用樹枝畫出來，送他倆到魔幻噴泉的魔法陣！

「難道他在背誦魔法圖騰？」芯言吃了一驚。

一時間，芯言的思緒回到乘搭魔幻列車到魔幻國的那一天，她無法忘記那些奇妙的遭遇。她遇上的每個人都深深的烙印在她的記憶中——那率領着兇猛雙頭巨犬，在學校使用時間停頓魔法，還打傷騰騰的黑斗篷少年；在魔法學校裏那一班被石化了的學生；把她送到魔幻噴泉解除黑曜石封印的查冬冬；還有用傳送魔法陣追到地球來的賽斯迪⋯⋯

「魔幻國實在是一個不可思議的國度，不知騰騰是否已把魔法學校被石化的學生回復原來的模樣？」芯言歪着頭喃喃自語，思緒再次陷入了無邊界的想像世界。

芯言翻開一頁又一頁，她心想：柏宇滿腦子都充斥着魔法的東西，但他到哪裏找來這麼多魔法圖騰？

好不容易才捱過沉悶的中文課，午飯的鈴聲響起後，芯言第一時間跑出課室。可是她看不到柏宇的身影，看來柏宇一早偷偷溜走了。

「芯言，你趕着到哪裏去啊？」林芝芝從課室內追出來，好奇地問。

芝芝和芯言是一對最要好的朋友，她倆從一年級到現在五年級都碰巧被編在同一班。芝芝個性善良而温柔，她的成績每年都名列前茅，更是老師眼中的模範學生。芝芝常常幫芯言温習功課，可是芯言的測驗考試成績總是只徘徊在合格的邊緣。

「芝芝，我……我要上洗手間啊……」芯言支吾以對，她不想芝芝知道自己在找柏宇，怕要向她解釋前因後果。

「我跟你一起走吧！」芝芝微笑挽着芯言的手臂，邊走邊説，「今天媽媽煮了沙拉骨給我，很美味的，一會兒給你試一塊好嗎？」

「嗯……」芯言四處張望，找尋着柏宇的蹤影。

「芯言，你看我今天戴這個髮夾好看嗎？」芝芝垂低頭，向芯言展示額前的粉紅色髮夾。

「嗯……」芯言一瞥，眼光卻被後面的一羣身影吸引着，心想，「他到底去了哪裏呢？」

「芯言……最近你怎麼了？總是心不在焉的樣子……」芝芝托起眼鏡，隨着芯言的目光方向望過去。

「啊！芝芝，對不起，我只是……」芯言回過神來，看到一臉憂心的芝芝。

「我們是好朋友，無論你發生了什麼事都要告訴我啊，我一定會替你想法子的！」芝芝握着芯言的手由衷地説。

「芝芝，謝謝你……我……」芯言知道芝芝很擔心自己，可是她不能把魔幻國的秘密與她分享。一時間，她的心頭不禁湧出愧疚的感覺。

「嘩！為什麼會變成這樣的？」就在這個時候，芯言聽到隔壁家政室傳來一陣尖叫和喧囂聲。

芯言拉着芝芝快步跑過去看個究竟，家政室的大門虛掩着，從門縫透出甜甜的味道。她探頭一看，一羣學生圍着焗爐大呼小叫，那撲鼻的香氣原來是來自焗爐內的奶油曲奇餅。

「咦！怎麼每一塊曲奇都好像被咬去一口？」一位女同學戴上隔熱手套，謹慎地把盤子從焗爐取出來，她望着那些像彎月形狀的曲奇餅，訝異地叫道。

「就是嘛！放進焗爐前的形狀分明就是圓形的，製成品怎可能會變成這樣！」另一位女生晃着頭上的馬尾辮子高聲說。

「你看，這……這像不像牙齒印？」掛着班長襟章的女同學高舉其中一塊曲奇餅，指着上面的缺口說。

「可是，這麼細小會是牙齒印嗎？」一位膽小的女生躲在同學的背後，輕輕說，「難道是老鼠的傑作？」

「哪有這麼聰明的老鼠，懂得在每一塊曲奇餅的同一位置上咬一口，而且還是那麼整齊？」一頭清爽短髮的女同學撐起腰，勞氣地說，「也許是那些男生的鬼主意！」

她的說話惹來一眾男生喝倒采，其中一位男生反駁說：「你看這邊，我們這組的曲奇餅跟你們一樣是被咬了一口，是不是你們女生的傑作？」

原來男子組的曲奇餅同樣是缺了一角。

罵戰一旦開始就難以收拾，大夥兒你一句我一句，弄得整個家政室像街市般嘈吵，就連老師也控制不了這混亂的場面。

由於是小息時間，路過家政室走廊的其他班級學生越來越多，大家都被裏頭的喧鬧聲吸引過來，紛紛在窗口和門縫探頭探腦。

「到底是怎麼的一回事？」芯言不解地問。

「似乎是有人惡作劇！」芝芝猜說。

突然，芯言的辮子被外力從後猛扯，她的頭順勢往後一仰。

「哎呀！很痛啊！」芯言不由自主地叫了一聲，她轉身一看，原來是柏宇。

「哈哈！你要對四周環境多注意一下了！我一直站在你背後也察覺不到！」柏宇滿意地笑說。

「差點被你嚇壞了！」芯言埋怨道，「你不是被罰企在課室門外的嗎？難道你不怕偷偷溜出來會被加重責罰嗎？」

「管不了這麼多，剛才我去追捕精……精……」柏宇瞄了芯言身邊的芝芝一眼，立即停住了。他含糊的隨便說了兩句，然後把雙手枕在後腦，悻悻然的轉身走開。

「你剛才說追什麼？」芯言輕輕鬆開芝芝的手，雙腳自動緊貼着柏宇走去。

「芯言，你不是要上洗手間嗎？」芝芝叫住芯言，流露出失落的神情。

「芝芝，我等一會兒再去！」走遠了的芯言轉頭向着芝芝揮手。

芝芝皺起眉頭，她不明白芯言與柏宇從什麼時候開始變得如此熟稔，而好像漸漸與她疏離。她的心頭不是味兒，卻不知道要怎樣做才可以維繫這份珍而重之的友誼。

柏宇並沒有停下來的意思，他一邊走，一邊把遇到精靈的過程告訴芯言。

「什麼？你看到精靈？」芯言訝異地追問柏宇。

柏宇點了一下頭，說：「剛才我站在走廊，看到一隻比松鼠大一些的精靈，牠全身都是湖水藍色的。我猜牠應該是從家政室閃出來，於是我想也沒想就追着牠去。」

「藍色的精靈？」芯言高聲重複一遍，立即引來周邊同學的目光，於是用手緊緊掩着嘴巴。

「對啊！牠動作非常敏捷，揹着一個比牠身體還要大的白色布袋。」柏宇加快腳步沿着樓梯往下走，「我趕緊追上去，可是牠跑得太快了，然後牠彷彿懂得隱身一樣，拐兩個彎便失去了影蹤。」

「那布袋內裝着的一定是同學們剛焗好的曲奇

餅！」芯言喘着氣趕上去，「不過，為什麼精靈會偷曲奇餅？不！為什麼牠會突然在學校出現？」

「我猜……」柏宇突然停住了腳步，猶豫了片刻，接着說，「莫非是……」

「莫非是什麼？不要再賣關子了，快說出來吧……」芯言急着問。

「我有一種預感，也許牠們是追着我們而來的。」

「牠們？難道不只一隻精靈嗎？」芯言緊張地問，「為何牠們會追着我們到地球來？」

「原因我也不太清楚……」柏宇皺起他那道劍眉，說，「假如我的推斷沒錯的話，說不定已經有很多精靈來到地球搗亂了！」

「很多？」

「嗯，這幾天你沒留意網上的小道消息嗎？在一些地區出現了怪異的現象。」柏宇頓了一下，繼續說，「例如在不同地方出現天氣反常的現象，也有市民發現奇異生物的腳印！」

「真的嗎？全都是精靈的惡作劇？」芯言着緊地拉着柏宇的衣袖，「你快想想法子阻止牠們吧！」

「那走吧！」柏宇加快了步伐。

「走？我們要到哪裏去？」芯言愣住了，瞪眼望着柏宇。

「當然是到地庫的雜物房去啊！這個時候一定沒有其他人。」

芯言此刻才發現，柏宇一直朝着地庫的雜物房方向走去。

「你說的是擺放着運動訓練器具那個陰陰暗暗的房間？」芯言搖搖頭，說，「上次我被那隻雙頭巨犬追到裏頭的可怕情景仍歷歷在目，我不想再進去了！」

「你不去，我們怎能找到收拾精靈的法子？」

芯言呆立了兩秒鐘，疑惑地問：「在雜物房會有收拾精靈的法子嗎？」

柏宇蹙起眉頭，瞄了一下芯言的頸項。

「對啊！怎麼我沒有想到！」芯言恍然大悟，小心翼翼地把藏在衣服內的鏈墜拉出來，「它可是無所不知的魔法書呢！」

布下魔法陣

放學後，芯言和柏宇來到距離學校不遠的後山那塊空地。

「這樣做真的沒問題嗎？」芯言憂心地看着柏宇用樹枝在泥地上畫着複雜無比的圖案。

「剛才在儲物室裏，魔法書不是已經告訴我們抓住這種精靈的最好辦法嗎？這個魔法陣是照着魔法書的圖案畫的，我已經施下了魔法咒語，一定可以把那隻藍色精靈捉住。」柏宇對照着剛才從魔法書拍下的照片，自信滿滿地說。

「可是，你畫的這個魔法陣好像不太可靠。你看，這些線都是歪歪曲曲的，還有外面的大圓形，怎麼看也比較似橢圓形……」芯言不斷對魔法陣指指點點。

「我畫這個魔法陣雖然形狀不及你的臉蛋圓碌碌、脹卜卜，但魔法力量絕不薄弱，只要那隻精靈一踏進去就會被它困着！」柏宇隨手拋開樹枝，拍拍手上的灰塵，說，「到時我們便可好好審問牠一番！」

「哼，你的臉才是圓碌碌，像一台大車輪！」芯言最討厭被人評論自己的臉型，她氣得漲紅了臉。

「別生氣了，你等着瞧吧，很快你便會知道它的厲害！」柏宇的臉上掛着輕佻的笑容。

「你打算怎麼引誘那隻藍色精靈踏進魔法陣？」芯言滿臉狐疑地問。

「剛才魔法書不是説過，藍色精靈身手敏捷，但頭腦比較單純嗎？這個魔法陣會散發出精靈最喜歡的氣味，牠很快便會上釣的！」柏宇用指尖敲敲自己的腦袋，彷彿向芯言炫耀着。

「可是我什麼味道也嗅不到啊！」芯言用鼻子使勁地嗅着周圍的空氣。

「魔法陣發出來的氣味是用來吸引精靈，你又不是精靈，嗅不到也不奇怪吧！」

芯言半信半疑地望着柏宇，吶吶地問：「這樣簡單便可活捉藍色精靈？」

「那當然，一會兒當藍色精靈踏入魔法陣，我只要念出咒語，一下子就可以把牠鎖在陣內。」柏宇擦擦鼻子，意氣風發地説。

「真的嗎？」

「不信的話我試給你看！」剛巧這個時候，有一隻色彩斑斕的蝴蝶在花叢間忽高忽低的飛舞，柏宇立即伸出戴着魔法指環的手指指向蝴蝶。

「變幻莫測的風啊，展示你的威力，為我送出一道風吧！」柏宇擺出一個很有氣勢的姿勢，看來他花過不少時間練習。

一股力量瞬間從柏宇的指尖竄出，繼而吹出一道微風。蝴蝶努力地搧着翅膀卻無力抵抗，被風不偏不倚地吹到魔法陣中央。

「嘩，真的把蝴蝶吹過去！」芯言一怔，瞪大雙眼高呼着，她那把柔順的頭髮同樣被風吹得在半空中飛舞。

「大地請靜下來，聽我的召喚！」風立即停了，柏宇合上雙手，嘴裏默默念起咒語，「啟動魔法力量鎖定目標！」

一秒、兩秒、三秒，什麼也沒有發生，蝴蝶繼續翩翩飛舞，輕易地離開魔法陣的上空。

「呵呵……這就是你的本領嗎？」芯言掩着嘴巴揶揄柏宇。

「沒可能出錯的！」柏宇走上前仔細地檢查一番，他滿臉懊惱的圍着魔法陣繞了一圈又一圈，對照着手機的魔法陣照片。

「還是放棄吧！」芯言攤開手，轉身打算離開。

「等等！」柏宇叫住她，「我明白了！我剛才不是說過嗎？這個是專門捕捉精靈的魔法陣，又怎能用一般的昆蟲作試驗呢？」

「算吧，這個魔法陣根本就是沒有用！」

「不，我畫的魔法陣絕對有效，等我施出更強的咒語，釋放更強的氣味來引誘精靈吧！」就在芯言轉身的瞬間，柏宇唸唸有詞地伸出雙手向着魔法陣，一股暖流從他的身體匯聚在指尖，頓時魔法陣上隱隱閃現一下奇妙金光。

芯言沒有理會柏宇準備離開。

「相信我吧，這個魔法陣一定可以把那隻藍色精靈捉住的！」柏宇跑過去，伸手拉住芯言的手腕，大步往大榕樹走去。

「你要拉我到哪裏去啊？」芯言感到柏宇的手很熱燙，而且他的力氣很大。

「你的樣子這麼嚇人，精靈在遠處見到你也會繞路避走，怎能引牠過來？」柏宇說，「我們躲在樹後等待吧！」

「你的樣子才可怕！」芯言氣鼓起腮幫子，狠狠地白了柏宇一眼，心有不甘的甩開他的手。

「說笑吧，你的樣子一點也不可怕，尤其是生氣的時候，應該是太可愛才真。」柏宇作狀咳了一下，「反正魔法陣已經畫好，你就多留一會吧！」

「唉！」對着面前口不擇言的柏宇，芯言無奈歎口氣。

於是，二人躲在草叢後靜靜等待。

倚在大樹盤根上的柏宇張開手掌，一個小火球隨即在他的掌心出現，火球的大小隨他的手指開合而不斷變大收細，熊熊的火球被他控制得揮灑自如，就像魔術師純熟地耍着小把戲。

「你每天也花很多時間練習魔法嗎？」芯言看得入神，想不到柏宇的魔法在這段短短的日子裏進步神速。

「對啊，除了上課和睡覺，我都在練習魔法。」柏宇滿意地說，「這魔法指環真的非常厲害，它把我潛藏的各種元素完全發揮出來，我的感官比從前敏銳多了！」

「上課從不見你這麼起勁！」提起魔法，芯言見柏宇的眼神立即充滿神彩。

「假如上課跟魔法一樣有趣，我一定會成為全級第一的！」柏宇掀起嘴角，笑說，「難道你這些日子沒練習過魔法？」

「沒有啊！」芯言吐吐舌頭，坦白地說，「遲一些待騰騰回到地球，再請他教我更多的魔法吧！」

「算吧，一會兒無論發生什麼事，我也可以應付的，你就好好看着吧！」柏宇一邊操縱着火球一邊說。

「你千萬別依靠我啊，對於魔法力量的運用，我差不多都已忘記了，我幫不上忙的！」芯言拉高嗓門說。

「絕對不會！」柏宇搖搖頭，他心裏不明白騰騰怎麼會找芯言這種傻呼呼，對魔法毫無興趣的女孩成為星之魔法少女。

「是呢，你爸爸回來了嗎？」百無聊賴的芯言打開一個新的話匣子。

柏宇搖搖頭，說：「昨晚他發了短訊給我，告訴我他去了一個叫湯泉島的地方探險，還說這星期也不會回家。」

「湯泉島？我從來都未聽過！」

「我也是最近才知道這個偏僻的地方，因為網上流傳一幀在那裏拍到的奇怪巨大腳印照片！」

「是妖獸嗎？」芯言緊張地問。

「還不知道，但當我爸爸看到那張照片後便立即出發去那個湯泉島查看究竟！」柏宇聳聳肩，無奈地說，「他就是對奇特的事都充滿好奇！」

「那你會否告訴他關於魔法的事？」芯言問。

「當然不能告訴他！他對所有神祕力量這麼着迷，若果被他知道我擁有這魔法指環，或者能夠透過意志力使出魔法力量，他一定會把指環沒收，還會把我煩死的！」柏宇撇撇嘴，說。

「我也不敢向家人透露半句，要是被媽媽發現，她一定會嚇得昏過去，而且我也不想大家被捲入不必要的麻煩旋渦。」提起膽小的媽媽，芯言說得更是興奮，「其實媽媽比我還要膽小，她最怕蟑螂了！有一次她看到會飛的蟑螂竟然哭起來，差點把我們笑壞。她還怕壁虎、毛蟲和蜘蛛，即使是電視節目的介紹她也不敢看一眼！」

柏宇沒有回應，板着臉，自顧自把玩着掌心的小火球。

芯言記起柏宇說過他的媽媽在他年紀很小的時候離開了，這件事對他的打擊相當大。她頓時覺得自己太大意了，忘記照顧柏宇的感受，她實在不應該提起媽媽，令他有所聯想。

芯言托着頭，呆呆地望着毫無動靜的魔法陣，轉眼便過了半小時，她扁着嘴巴不耐煩地問：「還要等多久？我的肚子快要餓扁了！」

「噓……」突然，柏宇把食指放在嘴巴前，「你感應到嗎？有一股魔法力量正逐漸走近。」

「沒有啊！」芯言四處張望，也感覺不到半點不妥當。

「牠來了！」柏宇壓低聲音，提高警戒，「你看那魔法陣！」

「咦！魔法陣發出淡黃色的光！」

「是時候了！」柏宇臉色霎時露出光采，他再次把雙手合十，嘴裏念起咒語，「大地請靜下來，聽我的召喚，啟動魔法力量鎖定目標！」

一道黃光從魔法陣的外圍透射出來，漸漸伸延到半空，在中心點交匯變成一個堅固的籠子。

「真的活捉到精靈嗎？」

一陣驚恐的叫囂從魔法陣那邊傳來，芯言揉揉眼睛望着籠子，她隱約看見一個迷糊的影子被困裏面。

「成功了！這隻精靈果然懂得運用保護色來掩人耳目！」柏宇高興得跳起來，「我們過去看看吧！」

二人走到魔法陣前，芯言瞪大雙眼端詳着裏頭若隱若現的精靈。

藍色精靈的身體只有兩隻手掌般大，牠全身都是灰藍色，頭上也長着一撮藍色的毛髮。牠的手腳十分纖細修長，頭上豎起一對尖耳朵，夾着長長的尾巴，外形有點像小猴子。

被困籠內的精靈慌張得胡亂跑跳，牠拚命在半圓形的籠子找缺口，可是籠子環環緊扣着，任憑牠怎樣跑也逃不出去。

「咦！牠這麼細小，學校那些曲奇餅真的是牠一個偷走的嗎？」芯言抓抓頭，問。

細小的藍色精靈一副楚楚可憐的樣子，眼珠兒凝住一泡淚水，喉頭發出「嗚嗚」的驚恐叫聲，看來被困着的牠感到非常害怕。

「我今早看到的精靈似乎不是這麼細小……」而且膚色也不是這種淡淡的藍，柏宇盯着精靈，自言自語。

「你看，牠的身體抖震得很厲害啊！」芯言一臉同情說，「怎樣看牠也不像一隻壞精靈。」

「嗚……」藍色精靈瑟縮在籠子的中央，發出悲切的哀叫聲。

「看來這個籠子把牠嚇壞了！」芯言咬着嘴唇，「這樣困着牠會不會太殘忍？」

「哈哈，是時候進行大逼供了！」柏宇沒有理會芯言，他裝出一副威武的樣子恐嚇着籠子內的藍色精靈。

「嗚……」精靈淒厲的叫聲漸漸變得嘹亮，聲音在空曠的後山傳開來。

「嗚……嗚……嗚……」整個山頭瀰漫着精靈的叫喊聲音。

「這些聲音……是回音嗎？」哀鳴聲在不經不覺間變為撼動大地的咆哮聲，芯言感到不妥當，胸口突然奇怪地激烈起伏。

柏宇搖頭，他背着魔法陣環顧四周，才發現不知從何飄來的霧越來越濃，說：「看來……精靈的數量比我想像中還要多好幾倍呢！」

這個時候，濃霧密布的叢林裏面出現一雙、兩雙閃閃發亮的藍眼睛，一下子環繞着柏宇和芯言的全是亮晶晶的眼珠子。

危機四伏的對決

草叢裏葉子擺動的沙沙聲響徹後山，雀鳥受驚羣起而飛，柏宇和芯言心裏清楚這些聲音來頭不小。

濃霧漸漸退去，懸浮在半空的一雙雙藍眼睛露出屬於牠們的身體，包圍着柏宇和芯言的竟是一羣大大小小、深淺不一的藍色精靈。

「怎……怎會變成這樣的？」面如土色的芯言看着那些藍色精靈不斷地在草叢冒出來，嚇得雙腿發軟。

「我們總算把精靈引出來了……只是數量比預期的多……」柏宇抹去頭上的一把汗，凌厲的劍眉鎖得緊緊，「你得承認，我畫的魔法陣很厲害吧。」

「這不是說笑話的時候……快想辦法離開吧！」芯言看到這些外貌兇悍的藍色精靈一步一步向他們邁進，她開始感到呼吸困難。

面對步步進迫的藍色精靈羣，背靠着背的芯言和柏宇已經退無可退。

「這裏大概有三十多隻精靈，似乎牠們的膚色越深，年紀越大，不知道牠們是吃素還是吃肉的呢？」

柏宇由頭到腳打量着這些精靈。

「你別再嚇我！」芯言說，「不如我們先釋放籠子內的小精靈，也許牠們便會自動散去。」

「從牠們的表情看來，即使我們恭恭敬敬的把小精靈雙手交還，牠們也不會輕易放過我們。」柏宇認真地說，他伸出右手，小火球已經準備就緒。

「你打算用魔法攻擊牠們？」芯言訝異地望着柏宇。

「正確來說，是打算避開牠們的攻擊！」

柏宇手中的火球彷彿啟動了精靈的戰鬥模式，牠們的叫囂聲進一步壯大，剛才一直收藏着的一對獠牙和利爪，現在毫不忌諱地展示出來。

「柏宇，我的雙腳不聽喚……」面對精靈強大的氣勢，芯言的腦袋變得空白，雙腿支撐不起來，突然軟癱坐在地上。

其中一隻體形較大、海藍色的精靈趁機撲向芯言。

「休想傷害她！」柏宇立即擋在芯言身前，把火球射向半空中的精靈，把牠擊倒在地上。

「嗤嗤！」精靈似乎受了一點傷，牠叫了兩聲，同伴們飛快地跳出來把牠帶到叢林去。

「快站起來！」柏宇用命令的口吻對芯言說，一個新火球在他的手中漸漸凝聚。

全身發抖的芯言好不容易才能爬起來，面對突如其來的攻擊，她完全不知道應該怎辦。

「芯言，變身吧！」

「什麼？」芯言愕然望向柏宇，她差點忘記自己的身體內擁有星之碎片，她已通過勇氣的考驗，成為星之魔法少女。

「變身做星之魔法少女吧！」柏宇大喊，「單憑我一個是應付不了牠們的！」

「你剛才不是說過一個人可以應付的嗎？」

「拜託了，我真的不想依靠你！可是你看現在的狀況！」柏宇着急地說，一邊揮動手上的火球。

「可是……騰騰並不在我身邊……」

「星光寶石的力量早已注入你的身體，你要相信自己！」柏宇提醒芯言，「你沒有猶豫的時間了！」

「那好吧！我試試看！」芯言閉上雙眼，召喚着蘊藏在心底的星光寶石的力量，「紫晶星光力量，變身！」

芯言的手心漸漸熱熾起來，前額開始發出淡淡的紫光。

一個巨大的紫色五芒星魔法陣隨即從芯言腳底出現，魔法陣一面轉動一面上升，穿過她的身體。芯言彷彿被一張紫色的巨網包裹着，發出耀眼的光芒。

圍觀的藍色精靈被刺得睜不開眼，紛紛用手臂擋着眩目的紫光。

轉眼間，芯言的身體閃耀着紫色光芒，她換上了一身紫色和粉色的華麗戰衣，手腕上配戴着手環，雙腳套上短靴，額前那細碎的劉海下露出了一條鑲嵌着紫水晶的額環，正正壓在眉心。

「古老的光之魔法至高無上……」芯言把合起的雙手向外張開，雙掌之間隱隱透現了一道紫光，「出來吧，神聖的光之魔杖！」

變身後的芯言氣勢煥然一新，手執的光之魔杖閃出晶瑩通透的紫光。

「是好機會！就在那堆藍色精靈未及反應之前，快些收拾牠們吧！」柏宇大叫。

「可是，我要怎麼做呢？」雖然變身後得到力量，但心亂如麻的芯言腦袋一片空白，她實在不知應該怎辦。

「當然是發動攻擊！」柏宇勞氣地大喊。

眼見面前的藍色精靈漸漸回過神來，芯言緊握魔杖向着藍色精靈，情急地唸出咒語。

「紫光飛環！」

魔杖的頂端散出強勁的紫光，形狀像飛碟一樣的光環射向圍住二人的藍色精靈，一秒，兩秒，三秒，一眾躲避不及的藍色精靈歪歪頭，扭扭手，踢踢腿後發現大家安然無恙，完全沒有受傷。

「什麼？光環完全對付不了精靈？」芯言和柏宇互換眼色，發現情況不對勁。

芯言的內心變得徬徨，她再次使出魔法發射光環，光環穿過精靈的身體，可是同樣傷不到牠們。

這次的攻擊失效壯大了藍色精靈的氣勢，牠們的叫囂聲大得把一切都掩蓋。牠們一步一步逼近二人，吃人的樣子像要把芯言和柏宇煎皮拆骨。

「火龍鞭！」柏宇走上前，手執一條長長的火鞭準備迎戰。

於是精靈羣開始轉換陣形，大夥兒圍着柏宇和芯言轉圈，牠們的速度快得幾乎看不到身影。

突然，其中一隻精靈離開大隊撲向柏宇，幸好柏宇來得及揮出火鞭，把精靈撥開。他還未回頭，另一隻精靈已從另一端跳過來。柏宇轉身起腳，把牠用力踢飛。

精靈接二連三的攻擊都被柏宇一一擋開，於是精靈慢慢停下來，然後聚在一起，漸漸形成一個龐大的身影。

「什麼？牠們在結合？」柏宇驚叫，仰望着有如巨人一樣的藍色精靈。

原先分散的精靈集中在一起，精靈結合後無論是體形還是力量都比剛才變得強大好幾倍。

突如其來的情況完全超越柏宇原來的估算，他萬萬料不到藍色精靈的數量有這麼多，更沒有想到這些小小的藍色精靈竟然有此一着。哪管牠因為危急還是在盛怒下激發出來，總之……剛才像松鼠般大小的藍色精靈現已變成超級龐大猙獰的精靈！

「應該怎辦好啊？」緊握着魔杖的芯言亦被合體後的巨大藍精靈嚇得不知所措，雙手不斷發抖。她相信如果騰騰在這裏的話，他一定可以教她用什麼魔法對付眼前這隻兇猛的藍色精靈。

「沒有騰騰，我一定不能成功！」這是芯言的心底話，她的心裏不斷想着，如果騰騰此刻在身邊該有多好！

「喂——」柏宇的聲音刺入發呆中的芯言耳窩，她清醒過來之際，發現一道黑影夾雜着一下吼叫聲向她撲來。

是比雙頭巨犬還要大的藍色精靈，那種藍色深得近乎黑，牠彷彿感應到芯言內心的恐懼，於是伸出鋒利的爪子，集中火力向她發動瘋狂的攻勢。

「啊！」

就在利爪快要割破芯言臉頰之際，芯言被左邊突然而至的另一個黑影撲倒在地上。

是柏宇。

柏宇眼見芯言有危險，他毫不考慮便撲向芯言，把她從魔爪中拯救開來。亦幸好柏宇眼明手快的推開芯言，她才能避過巨大藍精靈的猛烈攻擊。

「嗚嗚嗚……」剛到口的獵物被人搶走，巨大藍精靈感到滿心不是味兒。

「你這個傻瓜竟然在這時間發呆，你是想測試牠會否把你吞進肚子嗎？」剛救回芯言的柏宇，默默唸着魔法口訣，在雙手掌心中祭出兩個像車輪般大的火球，意圖恫嚇藍色精靈不要再次進犯。

剛失去獵物的巨大藍精靈本已盛怒得渾身毛髮豎立起來，此刻再被柏宇無視，牠的憤怒幾乎達到頂點，聳起的毛髮竟漸漸生出閃爍帶電的藍光。

「柏宇……你……你在流血啊！」身後嚇得發抖

的芯言回過神來，發現柏宇剛才為了救她，竟弄得雙手、臉頰都被地上的沙石樹枝割傷。

「哼！我沒事！」柏宇用手臂擦去臉頰的血，雙眼半秒也沒有離開過巨大藍精靈。

「吱吱……」閃爍的電光越來越密，圍繞着巨大藍精靈身體的電能發出交叉不斷的聲響。

「對不起……因為我，你才會受傷的……」芯言憂心忡忡的望着柏宇，卻完全察覺不到面前有威脅到性命的危險。

柏宇無暇再回頭安慰芯言，直盯着渾身發電的巨大藍精靈。他強忍着內心的恐懼，用身體擋在芯言面前保護她。由於得到魔法指環，加上近日經常進行魔法訓練，使柏宇變得比平常人靈敏，他經已發現眼前的精靈有點不妥……不是，是非常不妥。

面前這一隻結合眾多精靈變成的巨大藍精靈發出來的力量其實不是以個體計算，而是像乘數一樣。即是說，如果眼前的大精靈由十隻小精靈所結合，那牠的憤怒就是十次方。

雖然柏宇在學校的成績不理想，可是他一點也不愚笨。從剛才一刻他就知道，芯言此刻心不在焉、毫無信心，根本不能發揮在魔幻國時那星之碎片的強大魔法力量，這個時候絕不可能依靠芯言來收拾這巨大藍精靈，於是他當下已有所決定。

柏宇向着芯言胡扯道：「一會兒我會使出最強的火系攻擊魔法，火焰波及的範圍很廣。為免要我花心神保護你，你現在立即向着學校方向跑，絕對——不要——回頭看一眼啊！」

「你一個人怎能應付牠？」芯言半信半疑。

額際上掛滿汗珠的柏宇故作從容，他牽起嘴角笑道：「哼！我這段日子魔法大有進步，你少擔心！」

「嗚——」巨大藍精靈按捺不住，渾身的電力快要到達不吐不快的境界，牠準備發動攻擊了。

「芯言，」柏宇採用先發制人策略，把雙掌蓄勢以待的火球向着巨大藍精靈推出，厲聲叫道，「快走啊！」

「可是……」芯言很害怕，很想逃離現場，但同時她亦擔心柏宇。

「走吧！」柏宇奮不顧身的抵抗着。

當芯言轉身跑了幾步，身後竟突然襲來一股強勁的炙熱氣流，直把她推向前面的大樹幹之上，更撞得她暈頭轉向。

原來，當柏宇把火球轟向巨大藍精靈之際，對方竟把電力集中在嘴巴，然後以迅雷不及掩耳的速度，張開口噴出一個刺眼的藍色電光球。而那個藍色電光球的力量明顯比柏宇使出的火魔法強勁，不單瞬間吞沒兩個火球，更瓦解柏宇情急下使出的風魔法——龍捲風暴力量攻擊。

「啊！看我的！」柏宇伸出左手猛力抵抗，右手使勁畫一個大圓圈。

也許柏宇真是難得一見的魔法奇材，他人急生智下把差不多潰散的龍捲風暴力量瞬間集結，在他倆的身前築起一道密不透風的低氣壓防禦牆，而這種風魔法還是他臨場創作出來的！

草叢裏一時間電光四溢、烈風刮面，芯言身邊的樹木一些被擊中起火，一些則被吹得樹葉散落一地，在魔法激鬥中心的周邊都彷彿變得滿目瘡痍。

厚重的烏雲積壓在半空，空氣瀰漫着一股被燒焦的氣味。

「哎……柏宇……」剛從昏厥中稍稍清醒過來的芯言，被颳起的烈風弄得睜不大眼睛。她瞇起眼，隱約看到巨大藍精靈噴出的藍色電光球壓着柏宇使出的風魔法防禦牆。眼看柏宇已經是強弩之末，接下來柏宇的下場將會跟剛才射出的兩個火球一樣……即將沒入藍色電光球之內……被吞得煙消雲散。

「不可以的！」在最危急的關頭，芯言管不得這麼多，壯着膽子手執光之魔杖跑到柏宇身後，然後唸出腦海此時唯一想到的咒語：「光之魔杖，淨化！」

「淨化？」柏宇吃了一驚，「那精靈還未被我們打倒啊！」

芯言顧不得那麼多，刻下只有傾盡全力使出紫水晶力量，希望能夠絕地求生，替柏宇扳回劣勢，「閃耀吧！紫水晶力量！」

隨着咒語唸起，光之魔杖激射出一道耀目紫光，紫光的目標正是原本佔盡優勢的巨大藍精靈。

「轟隆——」紫色光芒淨化力量接觸到角力中的兩股魔法力量後發出轟天巨響。

「芯言，你這個傻瓜怎麼要回來送死啊！」柏宇激動地責備芯言。

「我剛才竟然拋下你自己逃走……」芯言不待柏宇說什麼，搶着道，「對不起……來吧，我們一起消滅這隻可惡的精靈啊！」

柏宇搖頭苦笑，歎了口氣說：「你簡直是一個不折不扣的大笨蛋！」

但不由得柏宇不承認，原本快要潰散的風魔法力量，在芯言的紫水晶力量支援下，竟重新匯聚起來。當中更夾雜着閃閃星光，反守為攻，以一股足以絞碎一切的大自然力量力敵巨大藍精靈噴出來的藍色電光球。

二人合力抵抗，把藍色電光球漸漸推回精靈身邊。

頃刻間，雙方變得勢均力敵。

芯言和柏宇不惜透支全身的精神力量增強魔法輸出，而對面的巨大藍精靈當然不甘坐以待斃，頑強地把全身的電能貫注在藍色電光球當中。

三股魔法能量不斷增強，同時間令他們處身的空間出現不尋常的變動。而他們察覺不到，隨着這種魔法能量互拼，原本平衡的均勢開始變得不穩定……

芯言和柏宇全神貫注的抵抗巨大藍精靈，完全沒發現周圍的空間竟出現不合理的扭曲，樹木、花草，甚至天空的景象都漸漸變形。

當他倆驚覺四周變異時已經太遲了。在三股互拼的力量之間，突然憑空產生出一個顏色如極光一樣的旋渦。它似有生命般漸漸轉動，再而產生一種無可匹敵的吸力。

「柏宇！發生了……什……」

「芯言——」

那個旋渦不單把藍色電光球連同它的主人瞬間吸走，更把芯言、柏宇連人帶他們使出的魔法力量一併吸進無底洞般的肚子裏。

一時之間，就連旋渦周圍的光和聲音，也彷彿一下子被它貪婪地吞沒。

數分鐘內，原本充斥三股魔法的叢林裏，光彩隨着旋渦而消失，四野霎時間變得漆黑一片。

那隻龐然巨大的藍色精靈當然消失得無影無蹤。

至於柏宇和芯言也在同一時間，憑空消失了。

亞哈蘭格魔法學校

柔和的微風帶着一股似曾相識的氣味，悄悄地輕撫芯言的臉頰，似要喚醒沉睡已久的她。

「這種氣味……」芯言緩緩張開重重的眼皮，隨即伸手擋着刺眼的陽光，「很刺眼啊……」

「這裏是什麼地方……」芯言在指縫間看到半空那一大片粉紅色的葉子，於是立即支撐起身體，她晃了晃混沌的腦袋，發現收在眼底盡是陌生的景象。

天空中飄浮着不同顏色的雲，奶油黃、湖水藍、橄欖綠、玫瑰紅，雲朵互相碰撞幻變成另一種顏色，好不神奇。周邊的每一棵大樹都比摩天大樓要高，微風一吹，幾片粉紅色的心形樹葉便會悠悠地滑落。地上的草皮長着猶如閃閃生輝的寶石一樣的花朵，沒完沒了的一直伸延開去。

芯言走上前想採摘一朵發光的花，不經意望到自己的鞋沾滿了泥濘，她一怔，立即查看自己身穿的衣服，發現校服上的衣袖都被弄污了，然後她才猛然想起：「我剛才不是變身了的嗎？」

芯言努力地拼湊着零碎的記憶，一個天旋地轉的畫面突然閃過她的腦海。

「啊，我記起了，剛才不知從哪裏冒出一個顏色如同極光一樣的旋渦，旋渦瞬間便把我們吸進裏頭……」芯言連忙四處張望，可是附近連半個影兒也沒有，「咦？柏宇呢？」

「柏宇，快出來吧！」芯言情急地放聲大叫，卻得不到回應。

此刻芯言實在不知如何是好，她心頭一震，只管不斷向前跑，希望儘快找到柏宇的蹤影。

「這裏到底是什麼地方……」沿路的景象彷彿沒有變化，濃密的樹葉在伸展開去的樹枝上微微搖動。除了清風擦過樹葉的聲響外，芯言完全聽不到其他的聲音。

望着沒有盡頭的前路，芯言感到越來越不安，她不知道自己究竟要到哪裏才能找到柏宇。她一面死命的往前走，一面叫喊着柏宇的名字，雙腿累得快連知覺也沒有了。

「柏宇，你別躲着鬧，不要跟我開玩笑了！」滿滿的淚水已在芯言的眼眶打轉，只要一眨眼便會嘩啦嘩啦的掉下來。

「叮叮叮叮……」突然，一道響亮的鐘聲在整個天際迴蕩着。一條七色梯級突然出現在芯言的面前，她隨着梯級抬頭往上看，發現那條彩虹一樣的階梯把地面和天空連接着，沒入一片橘紅色的雲層裏。

「這是彩虹還是天梯？」映入眼簾的彩虹橋令芯言忍不住驚呼。

就在此時，不知從何冒出一個身高跟柏宇差不多的男孩身影，飛快地跑上彩虹天梯。

「差點便趕不及了！」那個男孩長着一頭寶石綠色的短髮，他一面向上跑，一面自言自語。

「等等……」難得在人跡罕至的地方遇到其他人，芯言當然要向他問個究竟。

可是對方只管拚命地跑上樓梯，並沒有理會芯言。眼見那身影漸漸遠去，芯言怕被甩掉，唯有緊追着他。

她戰戰兢兢的踏上天梯向前跑，卻在一瞬間被那男孩遠遠的拋離了。

「你別走啊！」芯言喘着氣追上去，在穿過雲層的一刻，她發現連接着彩虹階梯的是一座巨大而古老的建築物，浩浩蕩蕩的屹立在半空。

「嘩！這是天空之城嗎？」芯言被宏偉的建築震懾着，一時間反應不過來，呆呆地站住。

突然地下傳來一陣搖晃，芯言立刻往下一看，發現腳下的彩虹天梯漸漸褪色。

「啊！」芯言看到連接地下的一段彩虹已經消失得無影無蹤，只隱隱剩下腳底連接到天上那建築物的一段梯級。

嚇得雙腿發軟的芯言心知只要再多停一會隨時會掉下去，她趕緊拚命往上跑，就在抵達建築物的一刻，整條彩虹天梯一下子憑空消失了。

倘若遲半秒跨出最後一步，芯言便趕不及在彩虹天梯消失前登上天空之城。

「嗄……嗄……」芯言整個人像是被抽空似的癱倒在地上，她躺在草地大字形張開雙手，閉上眼睛接二連三的用力呼吸。

「喂！上課的時間到了，你還在睡覺！」在芯言耳邊傳來一把陌生的聲音。

「是誰？」芯言撐起身，四處張望，卻看不到半個人影，連剛才追着的那個男孩也不知所蹤。

「這邊啊！」芯言發現右邊肩膀上站着一隻靛色的小甲蟲，細眼一看，牠竟然伸出兩雙手來跟自己打招呼。

「是你叫我嗎？」芯言瞪大雙眼盯着只有一枚硬幣大小的甲蟲，不可置信地問。

「對啊！」甲蟲四手放在嘴巴旁扮作一個傳聲筒，向着芯言的耳朵大聲說，「鐘聲響完了很久，所有學生都已進入學校。你再不進去，一會兒被哥拉多吉老師發現就麻煩了！」

「你說什麼？」芯言歪歪頭，問。

「上次有一位學生遲了一節課才回到學校來，立即被哥拉多吉老師懲罰一連十天穿着八十斤的魔法裝備上課。」甲蟲語重深長地說，「聽說還有一次學生向他扮鬼臉，被他用滅音咒令那學生半個月說不出一句話來！多麼可憐！」

「學校？哥拉多吉老師？」芯言被弄得一頭霧水，她完全聽不明白。

「你竟然不認識亞哈蘭格魔法學校有史以來最嚴苛、最認真，而且懂得最厲害魔法咒語的訓導主任哥拉多吉？」甲蟲一手抓着頭，一手捏着下巴，另外一雙手交疊抱在胸前，打量着芯言，「我知道了，你一定是新來的插班生！難怪我好像從未見過你！」

「亞哈蘭格魔法學校？我不是……」芯言還未來得及解釋，甲蟲已從她的肩膀飛到地上。

「不要說了，快進去吧！別阻我關上學校的閘門！」甲蟲用力在泥地跳了幾下，泥土上瞬間露出一排鉛灰色的箭頭。

芯言不由自主的往後退，看着箭頭像火箭升空一樣不斷往上升，升到比她身高高出三倍才停下來，原來是一排圍繞着學校的堅固鐵閘。

「甲蟲先生——」芯言轉頭打算繼續追問關於魔法學校的事，還有打探柏宇的下落，卻見甲蟲早就飛到遠處了。

芯言望着面前的學校，她已經沒其他辦法了，只好走進去看個究竟。

穿過雅緻的小庭，走過長滿白色花草的小徑，芯言抬頭看到一排淺灰色的大理石階梯，兩旁的巨大石柱刻着細膩的浮雕。芯言拾級而上，來到學校的圓拱形大門，頭頂是印有一朵七片花瓣的徽章。在跨入門檻的一刻，一把厚重而響亮的聲音響起。

「上課的鐘聲早已響起，你怎麼還在這裏？」

「啊！」芯言被這把威武的聲音嚇了一跳，腦海立即閃過剛才甲蟲先生提及的哥拉多吉老師。

當芯言轉過身來，她看到一張似曾相識的臉孔，那矮小但強壯的身體，還有皺巴巴的皮膚。

「查冬冬？」心情緊張的芯言暗暗叫道，她隔了數秒才能冷靜下來，「不，雖然外貌有點相似，但從他威嚴的神態和舉止，還有皮膚的顏色看來，他一定不是那個個性直率卻膽小怕事的查冬冬。」

「孩子，你是哪一個班級的？」那張冷峻的臉令人不寒而慄。

「我……」

「我好像未曾見過你呢……」他蹙起濃濃的眉毛，仔細地打量着芯言，「你身上的制服，不是亞哈蘭格魔法學校的校服。」

「哥拉多吉老師……」芯言試圖猜着，「我來這裏是……」

「啊！我記起了，校長早前告訴我將會有插班生到來！」哥拉多吉老師攤開手掌變出一本記事簿子來，他皺起眉頭把簿子翻來翻去，「可是我還未收到學生的資料……」

「我……我……」芯言不知怎樣解釋，她生怕自己像其他學生一樣被老師重罰，一時間不知道怎樣回應。

「算吧，校長剛去了冰雪王域拜訪冰雪女皇，稍後待他回來，我再幫你補辦入學程序吧！」哥拉多吉老師自圓其說。

「冰雪王域？冰雪女皇？」芯言一怔，她心想，「這不是騰騰曾說過，魔幻國的其中一塊領土？難道我回到了魔幻國？」

「是呢，你叫什麼名字？」哥拉多吉老師打斷了芯言的思路。

「我嗎？我叫畢芯言……不過我不是……」芯言話未說完，就已被哥拉多吉老師打住了。

「芯言同學，別浪費時間，跟我來吧！」哥拉多吉老師跨過大門門檻，招手示意芯言跟着他走。

哥拉多吉老師舉手投足都充滿着權威，此時芯言的腦袋一片混亂，唯有暫時照着他的指令去做，遲一些有機會再向他問個明白。

走進大門，眼前是一座像童話王國內的古堡一樣的學校，牆壁和柱子頂端都鑲嵌着精細的圖案，盡顯磅礴氣派。

哥拉多吉老師引領芯言走過一條很長的走廊，二人在一道巨大的圓拱形大門前站定。

哥拉多吉老師默默唸出咒語，瞬間那道看似重幾百斤的半弧形拱門緩緩打開，裏頭竟是一座寬大的禮堂。哥拉多吉老師走在前面，芯言緊緊跟隨。

禮堂圓頂形狀的天花是一幅巨型彩繪玻璃畫，七色的光從半透明的玻璃透出來，照射在晶瑩的水晶地板上。兩側的牆壁掛着許多衣着裝扮高雅的人像畫，每一幅都栩栩如生。芯言認真的看清楚，這些畫像原本緊閉的嘴唇，漸漸咧嘴而笑，不！畫像全都以笑臉迎向芯言！

「哥拉多吉老師，這些人像畫……」芯言被活靈活現的畫像盯着，令她感到心寒。

「他們都很想知道你潛藏的魔法力量……」哥拉多吉老師帶領芯言走到禮堂的前方，停在一個像籃球一樣大的水晶球前。

晶瑩剔透的水晶球放在一塊寶藍色的天鵝絨布上，芯言好奇地把臉湊近，裏面除了自己倒轉的影像外，其他什麼也沒有。

「這個是用來替學生分級別的水晶球，它可以準確地探測學生現時擁有的魔法力量。」哥拉多吉老師說，「芯言，把你的右手放在水晶球上吧，它會告訴你應該分配到哪一級！」

「就這樣嗎？」芯言伸出手來，放在水晶球上。

「咯啦杜比盧，請把芯言的魔法力量呈現在水晶球上吧！」哥拉多吉老師默默唸出咒語。

「咔！」水晶球內突然閃出一道強大的電光，哥拉多吉老師和芯言被嚇一跳，二人同步往後摔倒。

牆上的畫像嘩然起哄，紛紛收起笑容，狐疑地探頭看着水晶球內的畫面，細細碎碎的討論着。

「為什麼會這樣……」哥拉多吉老師急忙飄到水晶球前。他瞪眼往水晶球看，發現水晶球內充滿白霧，久久未能散去。

哥拉多吉老師把原本差不多連在一起的眉頭夾得更緊，水晶球注滿了魔法學校校長奧滋丁的高級魔法力量，它能精確地探測學生的魔法力量，從未試過出現這種狀況。哥拉多吉老師百思不得其解，心想：難道水晶球失靈了？

「水晶球顯示我應該被分配到哪一級呢？」芯言嚥一下口水，期待着哥拉多吉老師的答覆。但是哥拉多吉老師卻一直沒有回應，使得芯言心裏忐忑不安。

「唔……」半晌，躊躇了好一會的哥拉多吉老師搖搖頭，他打算用最直接的方法替她分級，於是反過來問芯言，「你以前學過什麼防禦魔法或者攻擊魔法？」

「啊……我……」芯言抓抓頭，她的眼睛轉來轉去，想不清淨化的魔法應該屬於哪一種。

「答不出來嗎？」哥拉多吉老師歎了口氣，繼續問，「那你懂得傳心術，跟精靈或者動物溝通嗎？」

芯言猶豫了一下，她晃晃腦袋。

於是哥拉多吉老師再問：「你學過變聲魔法嗎？變色魔法呢？」

芯言搖頭。

「隔空移動物件的魔法？」

芯言繼續搖頭。

「那你懂得騎飛天掃帚吧！」哥拉多吉老師無奈地問。

芯言用力搖頭。

「原來水晶球並不是失靈，而是被你氣到噴煙！」哥拉多吉老師撥開斗篷，伸出手來變出一枝羽毛筆和一張羊皮紙。他皺起眉頭在上面寫了兩行字，捲起後在上面蓋上印鑑，然後把信件交給芯言。

「你到花園去找凱田老師，他會給你上一節特別課，稍後我們再決定你的去留！」哥拉多吉老師説罷，逕自轉身離開禮堂。

魔法體驗！神奇的四元淚珠

長久已來，芯言的身邊一直有着樂於替她解憂紓困的人。在學校，她總是與林芝芝形影不離，她無論在功課上甚至情感上也喜歡請教芝芝，與她分享心事兒；而在家中，每當遇到疑難，她便會向爸爸媽媽撒嬌，父母嘴裏說不，最後卻會替她找到解決的辦法。

但今次芯言隻身來到魔法學校，她只能獨自解決所有困難。

對於如何來到魔法學校，失蹤的柏宇去了哪裏，還有哥拉多吉老師未知的安排，芯言確是感到前所未有的忐忑。但她心裏清楚，這個時候就只能硬着頭皮依靠自己的一雙手去摸索。

離開禮堂後，芯言依照哥拉多吉老師的指示來到學校的花園，找尋凱田老師。

這一片花海一樣的花園鋪天蓋地都是各種顏色、不同形狀的花朵，這個地方除了花，彷彿就沒有其他東西。芯言的目光被一朵比手掌還要大的大紅花吸引着，大紅花晃動着枝莖上鋸齒狀的葉子，似是向芯言打招呼。

芯言對着花兒，問：「花兒你好啊！你知道凱田老師在哪裏嗎？」

大紅花繼續晃動着葉子，似是而非地回應着芯言。

正當芯言看得入神，背後突如其來的一把聲音把她嚇一跳：「噢！你就是插班生畢芯言嗎？」

一位穿上背心短褲子，頭戴寬邊草帽的河童先生站在芯言的面前，他正埋首在羊皮信件中，他的鼻子貼着信紙，似乎患有嚴重的近視。芯言隨即看看自己的雙手，才發覺原本緊握在手的信件不知何時飛到河童先生的手上。

芯言曾在繪本故事中認識河童，牠全身的顏色都是青和綠，背着烏龜的殼，嘴巴長着鳥喙，光禿禿的頭頂像一個發亮的碟子。據説那碟子上必須盛着水，假如全部水都蒸發掉，河童便會有生命的危險！

印象中，河童個性傻呼呼，喜歡吃小黃瓜，相當可愛。芯言沒有想過竟然會遇上傳説中的河童，雖然他沒有書本記載般可愛，但樣子也非常和善。

河童先生比芯言長得要高大一點，他放下信件，摘下像玻璃瓶底一樣厚的眼鏡，説：「哥拉多吉老師在信中提及你對魔法的認知尚淺，所以特別安排你先上一節特別課。」

「你就是凱田老師嗎？」芯言打量着園丁裝束的河童先生，不解地問，「請問，什麼是特別課？」

「所有魔法學校的新生都需要由水晶球探測魔法值，再安排分級別。」河童先生的身上有一種無形的親和力，容易取得別人信任，「不過，既然水晶球探測不到你的魔法值，就由我給你上一課，盡量令你於短時間內提升魔法程度和對魔法的認知，了解你的潛能。」

「聽上去，特別課就是給未達程度學生的補課班。」芯言喃喃地說。

「差不多吧！能夠入讀亞哈蘭格魔法學校的學生大多是貴族出身，家族本身在魔幻國擁有顯赫的聲望。」凱田老師一邊把兩朵正在打架的花朵分隔開，一邊笑說，「話雖如此，但每位學生的資質都有所不同，並非每位學生都有魔法的底子和使用魔法的經驗，暫時沒有魔法值也不需要太介懷。」

「魔幻國？你說這裏真的是魔幻國？剛才哥拉多吉老師提起冰雪女皇，我已猜到，我真的來了魔幻國？」芯言雙手摀着臉頰，緊張地問。

「當然！這裏不是魔幻國還會是什麼地方？」凱

田老師拉高嗓門，他對芯言的問題感到莫名其妙。

「魔幻國，魔法學校……凱田老師，你知道這裏的老師和學生是否曾經被邪惡力量石化？」芯言急着問，「是魔幻噴泉的泉水令大家回復原本的面貌嗎？」

「被石化？亞哈蘭格魔法學校擁有法術最高強的魔法師坐陣，師生怎麼可能會被石化？」凱田老師反過來質疑芯言，「你的問題很奇怪呢！」

芯言語塞，她對自己的處境實在不太了解。她記得上次乘坐魔幻列車來到一座荒廢了的學校，那學校瀰漫着一片死寂，所有老師和學生都被石化，只剩下負責看守學校的查冬冬。

「或許……是我弄錯了吧！」芯言打算解釋，「因為我曾在夢中……」

「原來是發夢！」凱田老師打斷了芯言的話，説，「雖然學校從未試過取錄沒有魔法值的學生，但無論如何，我都會非常用心教導你的，希望你可以順利度過。」

「謝謝你……」芯言的腦海仍然是一片混沌，她覺得認清形勢才慢慢解釋也許會比較好。不過，她知道這是一次讓她自立的好時機，而這裏更是一個學習魔法的好地方。她希望學到一些保護別人的魔法，不想一直依靠柏宇和騰騰，她心想：或者這裏會有魔法幫助我找到柏宇呢！

「芯言，為了能令你儘快追上其他學生的基本程度，我會用一些特別的方法讓你重新認識魔法。」凱田老師伸出一雙手，在半空畫一個三角形的圖案。面前的花海一下子消失得無影無蹤，換成了一間細小的課室。課室中央放有一張桌子和椅子，凱田老師拍了兩下手，把正在發白日夢的芯言叫醒，「好，事不宜遲，先上概念課。」

芯言一怔，她挪開椅子坐下來，專心致志地看着黑板前的凱田老師，細心聆聽他講課。

「啟動魔法力量需要擁有兩個先決條件，一是精神力量，二是潛在的魔法能力，缺一不可。」凱田老師解釋說，「精神力量是靠後天修煉，在學校你會接受不同的精神力量提升訓練；而潛藏的力量是主宰魔法力量強弱的因素。除此以外，魔法的運用也可借助外力幫助，例如魔法道具、法寶和魔法圖騰。」

芯言開始明白，自己體內的魔法力量是由星之碎片產生出來的，不過她的精神力量不夠，所以不能自如地發揮它的力量。而柏宇從小開始鍛煉精神力量，加上魔法指環這超級魔法道具，令他能夠使出強大的魔法對抗藍色精靈。

正當芯言想得出神，凱田老師用指尖在黑板點了幾下，一幅介紹七種魔法元素的圖畫便呈現在黑板上。

「簡單來説，魔法元素是一種存在於空間的無形能量，使用魔法就是使自己的精神力量和空間裏的魔法元素共振，從而產生相應的魔法效果。」

芯言點頭，默默記着凱田老師的説話。

「魔法的基本屬性分為**風**、**火**、**水**、**土**四大元素，再加上**雷**、**光**、**暗**共七種。」凱田老師攤開手掌，七個寫着不同元素的光球立即浮在他的面前，他掌心一轉，光球隨即圍成一個圓。

「而且各種元素有互相牽引的關係，水生風、風生火、火生土、土生水；同時亦會互相制衡，水來土淹、水能滅火、火剋風，而火能熔金、風可蝕土。」

芯言此刻才知道，原來魔法的學問如此博大精深，凱田老師的解説令她聯想起柏宇曾用火球與藍色精靈的電擊對壘一幕，她好奇地問：「凱田老師，那麼火和電相比，哪一種力量更強大？」

「雖然各種元素之間相互克制，但魔法力量的強弱取決於魔法師的魔法值，即是他們的等級。」凱田老師把面前的元素光球用手指戳破，然後在芯言的桌子上變出一個大魔法師造型的套娃來。

套娃像洋蔥一樣一個包裹着一個，外層的套娃自動打開，裹頭跳出一個較小的套娃來，共六個套娃由大至小排列出來，每一個都擁有不同的魔法師造型。

「好可愛的套娃啊！」芯言拿起排在最後那個體積最小的套娃來，外形是一個年輕的實習魔法師，它只有半根拇指般大，幼嫩的臉蛋上配着天真燦爛的笑容，身上披上了一件小小的黑色魔法斗篷，頭戴着闊邊尖帽子，十分趣致。

凱田老師指着套娃，逐一介紹道：「一般來説魔法師共分為六個級別——至尊級的大魔法師擁有最高級別的魔法力量，僅次於大魔法師的就是可以控制時空魔法的一級魔法師，然後就是可以隨意使出三種或以上魔法元素的二級魔法師，和擁有教師資格的三級魔法師。」

芯言曾經聽過查冬冬的介紹，對魔法等級略知一二。

凱田老師繼續説：「在這裏的學生都是實習魔法師，當他們通過每年不同的實習和考試，就會賜予五級魔法師的資格；而決心繼續修煉魔法便有機會跳升至四級或更高的級別！」

「好，概念課完成，事不宜遲，現在上實習課。」凱田老師説罷，課室一下子消失得無影無蹤，並換了一個實驗室的場景。這裏有大大小小的試驗玻璃瓶，還有各種各樣的魔法器具，而凱田老師也換上了一套米白色的魔法絲絨袍。

凱田老師蠕動着指頭，在幾十個玻璃瓶子中挑出一個裝着像水滴形狀的花來，這朵花擁有四片不同顏色的花瓣，花瓣輕輕包裹着一個透明的圓形花蕊，他打開玻璃瓶子，那柔軟的花莖立即左搖右擺，像是逃避凱田老師的騷擾。

「這種花叫做四元淚珠，是我多年來嘔心瀝血的實驗製成品。它是由魔法肥料培植出來的，亦會吸收空氣中一些殘餘的魔法力量成長。它的成長期很長，需要種植三年才會開花。」凱田老師把種着四元淚珠的玻璃瓶子放在鼻子前嗅着，「這是一朵很珍貴的實驗品，並不是每位學生也有機會看到它的！」

芯言定眼望着四元淚珠，她從未見過這種奇特的花朵。

「你看這四色花瓣，**綠色的擁有風元素**、**紅色的**

擁有火元素、藍色的擁有水元素、黃色的擁有土元素。」凱田老師一手捉緊不停搖晃的四元淚珠，引以為傲地向芯言展示。

「這朵四元淚珠竟然擁有四種魔法元素？」芯言訝異地問。

「神奇吧！」凱田老師逐一掰開四片花瓣，露出裏頭晶瑩剔透的圓形果實，他用指尖把果實摘下來遞給芯言，說，「吃掉它吧！」

「吃掉它？」芯言瞪大雙眼，重複着凱田老師的話。

「對啊，吃了四元淚珠果實後的兩小時內，你的身體便擁有初級魔法師的魔法及精神力量。對於未能控制體內潛藏的魔法力量的你來說，這是最有效的魔法體驗！」凱田老師微笑說，「一會兒我保證你會愛上魔法！」

芯言接過晶瑩剔透的小珠子，珍而重之的把它放進嘴裏，她覺得小珠子的質感就像軟糖一樣柔軟，味道先酸後甜，非常特別。

未幾，芯言感到喉頭一陣清涼，一股說不出來的澎湃能量正沿着血管慢慢滲入她的身體內，這種力量跟她曾經接觸的紫水晶力量很不同。

「準備好了嗎？」凱田老師問。

「嗯！」芯言心裏異常緊張，卻十分興奮。

「那要開始囉！」凱田老師把衣袖用力一揮，再次換掉場地。這次來到一個廣闊無邊的山嶺，粉紅色的草地就像一幅長毛地毯一直向外伸延，遠方有幾片彩色的雲悠悠地飄浮在天空。

「咦，凱田老師呢？」芯言四處張望，卻看不到老師的身影。

「在你的頭頂啊！」一把聲音從天空中傳來。

芯言抬起頭，看到又換了一套深綠色魔法斗篷的凱田老師正飄浮在她的上方。

「凱田老師，你什麼時候飛上去的？」芯言高聲問。

凱田老師張開雙手，從天空慢慢降下來，他那帶着鍍金邊的斗篷邊緣被風吹得像一個又一個不斷被推前的波浪，很有氣派。

「這是風翼術，是風元素的魔法，」凱田老師懸浮在芯言的面前，對芯言說，「你試試看！」

「我也可以飛嗎？」

「你已經擁有初階魔法力量，請集中精神，召喚你體內的風元素，」凱田老師提示芯言，「乘着風準備翱翔天空吧！」

芯言閉上眼睛感受體內元素的流轉，她感到髮梢被輕輕吹起，然後身體變得很輕盈，彷彿悄悄地移動着。

是風，芯言感到一道暖風從自己身上吹出來。

「你成功了！」凱田老師的聲音驚醒了冥想中的芯言，芯言張開眼睛，發現自己竟然雙腳離開地面約有半米高。

「嘩呀！」芯言一失神，隨即失去平衡，她的身體像樹上即將熟透的果子搖搖欲墜，似快要掉下來。

芯言感到害怕，腦海內紊亂的思緒令身體內的元素沒系統的釋放出來，她開始不由自主地在半空中自轉，而且速度越來越快。

「芯言，不用怕，放鬆身體啊！」凱田老師提示着，可是自轉中的芯言完全聽不到。

芯言像陀螺一樣轉了十數個圈後，最後失去重心從半空狠狠地掉下來。

「卡拉麼啦呼呼吹！」就在芯言着地的前一秒，凱田老師向她唸出一句咒語，使她慢慢着地。

「嚇……嚇死我了！」驚魂未定的芯言不敢相信地問，「我……我剛才飛起來了嗎？」

「對啊，不過幾秒鐘你便掉了下來！」凱田老師聳聳肩，笑說，「難道你從來沒有飛過嗎？」

芯言想起曾經騎在騰騰的背上飛翔，可是感覺並不一樣，她剛才實太害怕了。芯言甩一甩頭，努力壓抑自己的恐懼，說：「凱田老師，對不起……」

「你太緊張了，冷靜面對困境是一位成功魔法師必需具備的條件，」凱田老師拍拍她，說，「慢慢來吧，或者我們先練習一下魔法咒語！」

「嗯！」

凱田老師從衣袖裏取出一個藍蘋果來，嘴巴喃喃說：「空蟲蟲通，沙亞東噹，白色變！」

不消半秒，藍色蘋果便變成了白色蘋果。

「啊！很神奇啊！這是變色魔法嗎？」芯言問。

「對啊，對着物件想着心中想要變的顏色，唸出咒語便可以，非常簡單吧！」凱田老師說，「不過，你記緊要相信自己的能力！」

「讓我試一下！」芯言接過白色蘋果，心裏想着紅色，然後照着凱田老師的方法唸出咒語，「空蟲蟲通，沙亞東噹，紅色變！」

芯言手上的蘋果立即變成紅色！

「紅色的蘋果！真特別！」凱田老師把紅蘋果拿

過來放在嘴邊，張開嘴巴，「那我不客氣了！」

凱田老師一口便把蘋果咬掉一半，怎料蘋果的果肉跟果皮一樣都是紅色的。

「噢！我的變色魔法咒語算是成功還是失敗？」芯言皺了一下眉頭，但見凱田老師吃得津津有味，他不消兩三口，蘋果就只剩下細小的果芯了。

「你也想吃嗎？」凱田老師把果芯遞給芯言，嘴巴默默唸出咒語，「巴卡隆咚咚叮叮，把蘋果還原，變！」

凱田老師手上的果芯像時光倒流一樣，漸漸回復一口又一口的果肉，最後一個完整的紅蘋果呈現在芯言面前。

芯言接過蘋果，笑着咬了一口，說：「真的很甜呢！」

然後她重複唸出咒語：「巴卡隆咚咚叮叮，把蘋果還原，變！」

一個完整無缺的紅色蘋果再次出現在芯言手中。

「不錯啊！你學習咒語的天分很不錯啊！看來你漸漸領略精神力量的運用了！」凱田老師滿意地說，「怎樣？覺得魔法好玩嗎？」

「嗯！」芯言點頭，「不過都是全賴四元淚珠的力量，我才能輕易施展魔法！」

「芯言，你必須相信自己，即使沒有四元淚珠的幫助，只要堅持不懈，終有一天你也一定能夠使出屬於你的魔法力量！」

「真的嗎？不需依賴其他人，我也能使出魔法？」

「一定！我保證！」

「謝謝你，凱田老師！」在凱田老師鼓勵下，芯言試着鼓起勇氣。

「事不宜遲，我們學習一下攻擊魔法吧！」就在凱田老師説話的同時，他們二人中間突然出現一個小水窪。

「好的！我準備好了！」芯言全神貫注的望着地上的小水窪，期待它出現的變化。

「水柱魔法！」隨着凱田老師的呼喚，小水窪漸漸捲起一道直徑像手掌般長的圓筒形水柱，水柱不斷向上升，然後突然轉彎，衝向不遠處的地下，水柱把泥土撞出一個深坑。

「嘭！」地面被水柱撞擊濺出高高的水花，差點把芯言的衣服也弄濕。

凱田老師向芯言作了個眼色，示意她試一下。

芯言把身體的力量集中在右手上，她向着水窪伸出手來，大喊：「水柱魔法！」

雖然水柱的厚度和高度只有凱田老師使出的十分之一，但水柱撞擊地面時也留下一道淺淺的坑洞，以芯言的資歷來説算是不錯了。

「很好，似乎你已經掌握到使用魔法的方法，」凱田老師點點頭，他看看懷錶，説，「四元淚珠的魔法效力還有一些時間，我們來最後一個最刺激的魔法體驗吧！」

「什麼是最刺激的魔法體驗？」

「就是嘗試召喚內心的恐懼，學習調整心態，然後用魔法力量去克服它！」

「召喚內心的恐懼？」

「芯言，你有沒有什麼東西是特別害怕？」凱田老師問。

「特別害怕的東西……太多了吧！」芯言數着手指，「測驗不合格、錯過了電視節目、在人羣中演説，還有……」

「閉上眼睛，想像自己身處黑暗之中，周遭沒有任何聲音，」凱田老師的説話就像在催眠芯言一樣，她覺得自己的眼皮很沉重，很沉重，「在你內心深處，你認為最令你感到不安的是什麼？」

「不安……」

「不安……」

「不安……」

突然，一個龐然巨大的黑影從遠而近向着二人衝過來。

未達水平的插班生

「各位同學，這是新來的插班生畢芯言同學，以後大家要互相照顧啊！」頭頂長着一隻銀灰色尖角，穿了一件花格子襯衫的獨角老師帶領芯言來到三年級的課室。

「大家好，我是芯言。」換上了魔法學校校服的芯言低着頭，靦腆地向班內的同學點頭問好。

全班霎時傳出一陣哄動，二十多雙眼睛目不轉睛地盯着芯言。

「她就是那個零魔法值的插班生，怎麼會編到這一班來？」

「聽說她在上特別課時把邪惡的雙頭巨犬召喚出來！」

「她為什麼會把邪惡的魔獸召喚出來？莫非她是傳說中的黑魔女？」

「聽說凱田老師被雙頭巨犬抓傷了，幸好哥拉多吉老師感應到魔獸而及時出現，二人聯手才能制服那隻兇猛的雙頭巨犬。」

班上的同學開始竊竊私語，你一言我一語的評論着站在黑板前的芯言，芯言低着頭，不知如何是好。

「咳咳……」獨角老師握起拳頭，放在嘴巴前故意咳了兩聲。可是大家毫不在意，討論的聲音越來越大，課室一下子變成了嘈雜的市場。

「肅靜！」獨角老師使出大聲咒，震耳欲聾的聲音響遍課室每一個角落，回音久久未散，每位同學本能地猛力用手掩着耳朵。

同學們不想耳朵再受懲罰，唯有乖乖安靜下來。

「獨角老師。」當課室回復平靜，坐在後排的一位男生舉起手來想向老師發問。

「安納同學，有什麼事嗎？」獨角老師瞇起他那雙細小的眼睛，望向那長得高大的男生。

「我相信老師對編班有一定的原因，但我關心的是，這插班生有沒有足夠的魔法能力去追趕我們的學習進度？」那位男生彬彬有禮地站起來，他俊朗的臉上散發出一股令人擋不住的魅力。

「安納同學，你是在擔心芯言不適應三年級的學習嗎？」獨角老師捏着他下巴的一撮小鬍子。

「咦，他不就是我在彩虹階梯遇到的那位男生嗎？」芯言望着安納那頭柔順的深綠色頭髮，還有高大的身影，記起就是因為追着他才會誤打誤撞的來到魔法學校，芯言望着他，心想：原來他這麼關心同學！

「下個月就是三年級的評核試，每位學生的表現都會影響班裏的總成績，」安納目光炯炯地望着老師，振振有詞的說，「對於沒有魔法天賦的學生來說，入讀這一班只會令她，甚至所有同學受苦。」

「什麼？他原來不是擔心我，而是怕我會拖累他！」芯言得知自己原來會錯意，尷尬得從心底叫了出來。

這麼冷酷的話，竟然獲得一羣女同學的和應，還有零星的掌聲。

「安納同學說得對啊！」其中一位女生說，「老師你再考慮清楚，編她到另一班吧！」

「對啊！就是嘛！」其他女生一個接一個和應。

「安納果然是班代表，一語中的說穿了我們的心聲呢！」一位女生故意拉高嗓門說。

「安納同學，我明白你的意思了，你是怕芯言同學會拖慢這班的學習吧！」獨角老師說。

還未上課就被一班同學排擠，芯言的臉孔漲紅得像個番茄，她失望得想找個洞把自己躲藏起來。

「不過，這是哥拉多吉老師的決定，」獨角老師裝作懊惱，他搔搔頭上的尖角，說，「我可以把你們的意見轉達給他，剛才反對的同學請再次舉手，好讓我記下，再找哥拉多吉老師逐一約見，解答你們的疑惑。」

課室內立即鴉雀無聲，誰也不敢舉手，看來哥拉多吉老師的大名實在名不虛傳。

「獨角老師，既然安排芯言來這一班是哥拉多吉老師的決定，我們都非常支持。他要處理的校務太多，插班的事就不要再打擾他了。」安納莞爾一笑，其他女同學紛紛點頭，再也沒異議。

「那好吧！」獨角老師滿意地點頭，他一彈指，前排的位置立即添了一套桌椅，他示意芯言坐過去，然後開始上課。

「芯言，歡迎你加入三年級啊，我叫艾菲。」坐在芯言鄰座的是一位淺藍色皮膚的女生，她的笑容甜美，頭上長着海藻般濃密的曲髮。

「艾菲，你好！」芯言用力點頭。

艾菲把身體靠向芯言，在她耳邊細說，「安納是班代表，班中的大小事務他也會參與。你不要介意，他對你絕對沒有惡意的啊！」

聽到艾菲的安慰，芯言的感覺稍為轉好了一點。

「各位同學，今天的時空課我會介紹時空系魔法的基本概念。」獨角老師説罷，手袖一揮，課室一下子變成一個裝着各種星體的浩瀚宇宙，天花、牆壁和地板都換成一塊太空天幕，點點的繁星仿似美麗的寶石，鑲嵌在天幕下，發出閃閃光輝。

「宇宙是由多個，甚至由無限個空間所組成，每個空間當中都存在不同類型的生物，而我們身處的魔幻國就是宇宙中的其中一個空間……」獨角老師手指一彎，在他創造出的太空天幕中，有一顆自轉中的星體由遠而近飛到同學的面前。

芯言怔怔地望着眼前的奇景，她想起自己的哥哥森樂。森樂是一個超級太空宇宙迷，在他的書架上全都是關於宇宙和天文學的書籍。雖然森樂平日喜歡作弄芯言，但他也會經常向芯言展示他的收藏圖片和資訊，發表他的見解。

芯言在耳濡目染下漸漸對宇宙的概念加深了認識，而獨角老師現在用魔法呈現的星空，比她在書本上看到的圖片更浩瀚、更震撼。

此時，獨角老師把他們身處的星體移向左邊，再把原本躲在一角的細小星體拉近。獨角老師向着學生微笑，接着舉起他的右手食指，霎時，一點星光魔法從他的手指閃耀，然後所有人循着他的手指劃出的軌跡看，竟然是一條連接眼前兩個星體的線。線頭兩端像漏斗般連接星體，漸漸向着中央相連的位置收窄。

「嘩，老師，很神奇啊！」艾菲脫口而出喊道。

獨角老師露出得意的笑容，向着班中的學生問：「有沒有人知道，這條線是什麼來的？」

「那是時空隧道！」安納自信滿滿地搶着道，「時空隧道就是供兩個星體或者空間裏的人互相穿梭的一條通道。」

「時空隧道……也可以這樣理解，其他同學有別的補充嗎？」獨角老師說。

一直專心致志的芯言想起哥哥曾告訴她關於時間理論的概念，於是脫口而出：「那是蟲洞！」

「哦？」獨角老師愕然地望向芯言，問，「什麼是『蟲洞』？」

被老師突如其來的提問，芯言唯有怯怯地說：「『蟲洞』是一條連接兩個時空或世界的狹窄管道……它可以供時空旅行者作『地點與地點之間的瞬間轉移』，或者『不同時間點的時空穿梭旅程』……」

「芯言，請你繼續說下去。」獨角老師對於芯言的話感到相當好奇，他雙眼發光地望着芯言，其他同學對她的表現均竊竊私語起來。

「但要打開這個『蟲洞』缺口，需要非常大的能量，在科學上就只有恆星崩潰後所形成的動態黑洞才有足夠能量形成『蟲洞』的缺口，」芯言望向獨角老師，獨角老師向她點點頭給予鼓勵，於是她續道，「我聽哥哥說，這都只是科學家提出的理論。」

「這種理論很有意思！」獨角老師指着星空中的時空管道，說，「不過魔法師不會稱它為『蟲洞』，我們會叫它『時空裂縫』。而它不僅是理論上可行，在一級魔法師中的『時空魔法師』眼裏，更是可輕而易舉地透過運用強大魔法打開的管道。」

「你的意思是他們可以任意穿梭時空？」芯言有點不敢置信。

艾菲忍不住問：「怎麼我完全聽不明白你在說什麼？什麼蟲洞？什麼管道……總之就不明白啊。」

其他同學都像艾菲一樣對芯言說的一臉狐疑，班房內再次引來一陣嘈雜的小騷動。

「肅靜！」獨角老師的手指忽然一收，整個浩瀚宇宙剎那消失，課室回復了原本的陳設。

「剛才說到的理論，不明白也不重要，最重要的是，你們要好好鍛煉屬於你的魔法屬性，」獨角老師頓了一頓，說，「有些同學擁有潛質晉升為時空魔法師，而能夠成為時空魔法師不單止證明他擁有強大的魔法能力，更是有巨大的使命。」

芯言似突然想起什麼，問獨角老師：「那除了時空魔法師擁有打開時空裂縫的能力外，還會有什麼原因導致時空裂縫出現？」

獨角老師似乎對芯言的好學感到十分滿意，答道：「問得好，當黑白魔法力量相持太久，時空力場將有可能被強行打開。當時空力場被打開之際，它四周的東西都會被吞沒。而被吞沒的生命體，最後會落入平行時空中某一道時間線之上。」

芯言的提問引起坐在後排的安納的興趣，突然間，他希望更加了解芯言的來歷。

「莫非之前在誤打誤撞的情況下開啟了時空裂縫，把我帶到這個不同的空間？」芯言想起與柏宇聯手跟巨大藍精靈對戰的場景，開始對自己怎樣來到魔法學校有點頭緒，「難道就連時間也不一樣？那麼，我到底去了哪一個時代？」

可是，柏宇又去了哪裏？

「不過，被吸入由力量抗衡而產生時空裂縫是非常危險，因為沒有人能準確計算在這種情況下打開的時空裂縫，目的地究竟會在哪裏。」獨角老師說。

芯言的腦袋感到非常混亂，對於現在的處境還是一頭霧水，假如她真的被吸入時空裂縫來到這個不一樣的時空，那麼她要怎樣做才可以回到屬於她的地方去呢？

就在獨角老師準備繼續講解關於時空裂縫的引力課題時，課室後方傳出一陣怪風，全班同學立即回頭望過去。

安納張開手掌放在胸口前，在修長的手指間懸空出現一道金色的細小裂縫，乍看裂縫內藏着一點一點迷幻的極光。

安納打開了一道手指般大小的時空裂縫！

「篤篤贊加同束！封鎖！」獨角老師二話不說立即變出魔法棒，唸咒揮向安納。

安納製造的裂縫隨即合上，消失得無影無蹤。獨角老師跑到安納面前，向他厲聲叫道：「安納同學！你在做什麼？」

「我只是依着你說運用引力，嘗試製造時空缺口吧。」安納理直氣壯地回答。

「胡亂劃破時空製造裂縫是嚴重的禁忌，你還未學會控制力量隨時會擾亂時空秩序！」氣得七孔生煙的獨角老師撐着腰，嚴肅地告誡安納，「你雖然是全級成績最好的學生，但不代表你能任意妄為！」

「老師不是叫我們多嘗試、多練習魔法的嗎？」一位長着兩雙水汪汪大眼睛的女生帶着埋怨的語氣，說，「安納只是跟着你的解說練習一下，現在又怪責他。」

「時空裂縫不是只有一級的魔法師才可以製造出來嗎？安納很厲害啊！」坐在安納前面的女生托着頭仰慕地說。

「就是嘛……剛才大家都不知道劃出時空裂縫是禁忌，下次不再犯就是了。」女生們一句接着一句，班房鬧得亂哄哄的。

獨角老師不敵安納粉絲的護航，無奈地說：「一級的魔法師當然可以使出時空魔法，但屬於時空系的魔法師或者魔法精靈同樣有時空傳輸的能力，分別只在力量上的差異。」

同學們都對時空的概念相當好奇，紛紛向獨角老師發問，最終這一節時空課於一遍嘈雜聲完結。

小息的時候，安納走到芯言跟前，他風度翩翩地向着芯言微笑，說：「芯言同學，你好！」

「剛才明明就是不歡迎我，現在卻跑過來向我問好。」芯言見他不懷好意，心裏十萬個不願意回答，但漠視別人的問候實在太沒禮貌了，只好敷衍回答。

「你好……」當芯言望向安納，看到他的臉上長着星劍的眉，挺拔的鼻樑，還有一雙晶瑩閃亮的深綠色眼珠，而令芯言奇怪的是……安納的眼睛有一股奪魂的吸力，直直的吸着芯言的目光，令她的心房猛烈地抽了一下。

「你剛才對時空概念的理解很特別，有機會我們再詳談好嗎？」安納笑說。

「我……」在安納的眼睛裏，芯言看到繁星的光芒，冰裂的水晶，煞是好看。

安納同學走過來還不到五秒，幾位長得美麗的女生隨即走過來圍繞着他，女生們瞟了芯言一眼便纏着安納，看來大家都不是對芯言有興趣，而是像粉絲一樣圍着明星般的安納。

對於這一班的萬人迷安納，芯言暗自發誓無論在任何情況下，自己絕對不會被他迷倒。

開啟心之星空

下課的鈴聲好不容易才響起，這一星期在魔法學校的學習終於完結了，時空魔法、治癒魔法，還有一連串的召喚咒語、移動咒語、白魔法咒語等不斷轟炸芯言的腦海，複雜的魔法講義聽得她頭昏腦脹。

至於各式各樣的魔法活動課，例如騎飛天掃帚、魔法頌唱、隔空移動等，只要是關於運用魔法，芯言就連半點也做不到。

在所有同學眼中，芯言只是一個零魔法值，沒半點魔法天分的學生。大部分同學也不願意跟她來往，除了艾菲。

「不要氣餒啊！」艾菲見面如土色的芯言一直望着前方發呆，於是走過來拉着她的手，鼓勵她說，「起初我剛進入魔法學校時，也覺得一頭霧水的，慢慢便會習慣。」

「謝謝你！」芯言回過神來，感激地望着艾菲。

艾菲的熱心和友善令芯言想起她最好的朋友林芝芝，她想：如果芝芝此刻在這裏跟她訴說心事，那會是多好啊！

「來吧，今天課後有魔法廚藝興趣班，我們一起去學做甜點吧！」艾菲興致勃勃地說。

「不了，我想回宿舍休息一下。」芯言說。

「你沒事吧？我看你的臉色不太好！」艾菲憂心地問。

「沒事，我只是有點累……」芯言打了個呵欠，揉着眼睛說，「這幾晚我也睡得不太好呢！」

「那你回去浸一下熱水浴，記着加點魔法泡泡，可以幫助入睡的！」艾菲提議說。

「嗯！知道了！」

離開了教學大樓，芯言踱步向着位於學校左翼的女子宿舍走去。

長長的走廊上的地磚畫滿一個又一個精細的魔法圖騰，典雅的柱子顯出無比莊嚴。芯言漸漸喜歡上這間充滿神秘色彩的魔法學校，在這星期，她早已悄悄地遊遍學校的每個角落。

芯言踱步回到宿舍的房間，她把書本放在窗邊小小的方形書桌上，打開衣櫃拿出一套艾菲借給她的便服，伸伸懶腰便跳上蓋着紗罩的睡牀上休息。

在這不需要魔法的小小空間，她感到安寧。

芯言躺在鬆軟的牀上，這幾天縱使她身體感到疲累，卻也睡得不好。每當她閉上眼睛，總有一大堆疑問在她腦海內盤旋。

「到底柏宇去了哪裏呢？既然這裏是魔幻國，我應該要怎樣做才可以找到騰騰呢？」

「我什麼時候才能回家呢？爸爸媽媽會不會很擔心？」

芯言把脖子上掛着的頸鏈拉出來，把水晶鏈墜拈起，在兩眼中間晃來晃去。

「無所不能的魔法書啊，為什麼你不肯回應我的召喚呢？」芯言幽幽地說。

藏在水晶鏈墜內的魔法書一絲反應也沒有。

自從芯言來到魔幻國，她多次嘗試召喚魔法書、光之魔杖，還有嘗試變身成魔法少女，可是全部都徒勞無功，她完全不能使用任何魔法。

芯言閉上眼睛，她覺得這次來到魔法學校，也許是星之碎片給她的考驗。在她的心底，她相信自己很快便會找到答案。

想着想着，不知過了多久，芯言聽到窗外傳來柔和悅耳的聲音，於是她推開窗側耳傾聽。

一段美妙的旋律在風中轉動。

是誰奏着這美妙的旋律？

芯言心想既然晚餐的時候還未到，倒不如出外看個究竟。

她推開房門，穿過長廊走到外面的花園，天色漸黑，由於這裏沒有光害，成千上萬顆在天上閃耀着的星星顯得格外耀眼。

一彎銀色的新月像咧開的嘴巴高高懸掛在天空，草地上的花朵像一個又一個小小的燈泡，就如節日燈飾一樣閃出七彩顏色，彷彿刻意為芯言引路。

芯言沿着發光的花朵一直走，不經不覺來到一個大草坪。

「這裏很美麗啊，怎麼我在白天從沒見過這地方？」

悅耳的聲音再次傳來，綿延不絕的回音不斷地縈繞在芯言的耳邊。

「是誰在彈奏呢？」芯言四處張望，她側耳追尋聲音的源頭，終於在不遠處看到一位身形瘦削、白髮及肩的老伯伯坐在大石上。

在好奇心驅使下，芯言躡手躡腳地走向老伯伯。

老伯伯身穿一件寬大的藍色闊袍子，陶醉地吹奏着手中那個白色壺子形狀的東西，他的身體隨着音樂搖曳。

就在這時，悠揚的音樂突然停止，老伯伯似乎已發現芯言向他走近，於是轉身端詳着芯言，笑問：「你是新來的學生吧？」

芯言被突如其來的一問嚇得頓足不前，她靦腆地答道：「嗯！老伯伯你好，我叫芯言，我打擾了你嗎？」

「沒有啊！」老伯伯的臉上長着一對細長微彎的眼睛，眼角現出數條由歲月劃上的皺紋，他的全身流露着一種平易近人的氣息。

芯言偏着頭問：「老伯伯，剛才你就是用這個東西吹奏出這麼動聽的音樂嗎？」

「呵呵！」老伯伯提起手上壺子形狀的東西，笑道，「原來你聽到我吹奏出來的音樂！」

「當然！這樂器奏出來的旋律多麼優美，」芯言說，「我聽着聽着就不自覺走到這裏來。」

「這是魔法樂悠壺，樂悠壺吹奏出來的音樂可以抒發出內心的情懷，」老伯伯輕撫手上的樂器，他笑說，「難得你懂得欣賞，已經很久沒有人做我的聽眾了！」

芯言搖搖頭，說：「怎會呢？這音樂令人感到很寫意，剛好驅走我內心的納悶！」

「呵呵！」老伯伯放下魔法樂悠壺，問，「怎麼了？你在學校裏遇到麻煩嗎？」

芯言歎了一口氣，苦笑道：「也許我就是沒有魔法天分，雖然經已很用心去學習，咒語也牢牢地放進腦袋，可是到實踐時我體內的魔法總時時失靈……」

「哦？」老伯伯輕輕撫弄他那把長長的白鬍子，細心聆聽着芯言訴説。

「都只怪自己不爭氣……」芯言滿肚鬱結躺在柔軟的草地之上，抬頭望着滿布星星的夜空。

「原來是這樣，」老伯伯想了一想，道，「芯言同學，你知道大自然的種種事物都各有所屬的元素嗎？」

芯言搖搖頭。

「讓我舉個例子，泥土上這些小草與生俱來就擁有植物『木』的屬性，但有些小草沒法子感應到自己的內在能量，所以它仍然是一棵普通的植物。相反，有些小草比較有靈性，它們感應到自己的屬性能量，更懂得運用它，你看看身邊的小草。」

老伯伯右手一揮動，芯言身邊部分小草竟變得晶瑩剔透，那散發着柔和粉紅色光芒的小草，更似突然有生命般自由擺動起來。他説：「你看，這些閃耀着光的小草，嚴格來説已經是一根有生命的『魔法小草』。」

「你的意思是無論是植物也好，動物也好，只要能夠感應自身的元素都能夠使用魔法？」芯言問。

老伯伯抬頭仰望星空，緩緩地道：「魔幻國的核心是由一塊巨大的魔幻水晶主宰着，所以在魔幻國的國度裏，哪管是一條魚還是一根小草，只要找到自己的靈性，就可以晉身為魔法類別的生物。」

芯言對老伯伯所説的道理似懂非懂。

「倘若我沒猜錯的話，你並非不夠勤力，也不是愚蠢，而是根本未掌握你體內的魔法靈性。」老伯伯笑説。

「老伯伯，我可以怎樣做啊？請你教教我！」芯言心急地問。

「不用着急，不如先聽聽老伯伯吹奏一首樂曲吧。」老伯伯説罷拿起魔法樂悠壺再次吹奏起來。

悠悠的音樂似是釋放掉一直抑壓在芯言內心的感覺。

放鬆身體躺在草地上的芯言望着天上閃閃繁星，如寶石的星光直直地照在芯言的身上，明媚的眼眸裏映着星光，彷彿有一種無形的聯繫互相輝映，令芯言感到無比溫暖。

「星星啊！請你告訴我，跟我失散了的朋友到底去了哪裏？」芯言寂寞地問。

漸漸地，芯言的身體發出淡淡的光暈，光暈遍布全身，就連她自己也察覺不到。

「呵呵，我終於看到屬於你的元素了！」老伯伯一揮手，星星射出尖幼的銀光，落在芯言的全身，「讓我來幫你一把吧！」

「咦？」芯言撐起身體，她伸出雙手，看到散射身上各處的點點星光漸漸光亮起來，她訝異地問，「為什麼會這樣子的？」

「芯言，光就是屬於你力量的元素。」老伯伯指向芯言，剎那間有着無數閃亮的星星在她身上綻放光芒，源源不絕爆發出來，「因為你的力量一直分散在身體各部分，太細碎了，變得沒有焦點，所以使不出魔法來……呵呵！」

芯言看着銀色的光芒從她的身體漸漸凝聚，轉眼間，一個銀色光球慢慢形成，然後從光球的中心隱隱現出紫色，像是水面的波紋一般漸漸漾開，光芒流瀉……

芯言感到全身充滿前所未有的強大力量，那股力量撞擊着她的心臟，湧起無比溫暖的感覺，徐徐在她的身上流轉。她看着自己散出的光，突然體悟到某些事情。

「莫非，這就是要我來到這時空的原因？」芯言一怔。

在光芒四溢的一刻，站在芯言背後的老伯伯看到她身上隱隱掛着一襲紫色的戰衣，還有一枝發出寶石般光芒的魔杖。

「是我看錯了嗎？那不是星光寶石的力量嗎？不……看上去有一點不一樣……不可能的……」老伯伯不敢相信地揉揉眼睛再定眼一看，那套華麗戰衣的影像卻一閃而逝。

馴龍考驗

「咦？什麼時候了？」芯言把蓋住臉龐那軟綿綿的枕頭移開，半閉的雙眼瞄向書桌上的時鐘，一看之下令她驀然驚醒。

「又遲到了！怎麼來到魔幻國上學，我仍然會遲到的？」芯言無奈地跳下牀跑去梳洗，「不好了！今天教授第一課的是最喜歡責罰學生的哥拉多吉老師……」

芯言換好衣服便匆匆趕到課室去，她一邊走，一邊努力地回憶着昨晚發生的事，可是在她的腦海就是一片迷糊，想來想去也找不到半點頭緒。她心想：昨天好像還未吃晚餐……好像作了個怪夢……好像……

就在芯言通往教學大樓的途中，旁邊的競技場傳出一陣混着尖叫的嘈吵聲。在好奇心驅使下，她決定走過去看個究竟。

踏入競技場，芯言發現場內竟然站滿圍觀的學生，大家都手舞足蹈、議論紛紛。

「為何這麼熱鬧？到底發生了什麼事？」芯言抓抓頭，喃喃地道。

「芯言，這邊啊！」艾菲就在最前排的位置，一身藍皮膚的她在茫茫人海中份外顯眼。她一邊向着芯言招手，一邊說：「為什麼你這麼遲？」

「對不起，昨晚我好像作了個怪夢……好像遇見一個老伯伯，起來時已經遲到……」芯言還未說完，就聽到在場的學生向着天空放聲叫囂。

同學們的呼喊聲非常大，芯言順着同學們的目光往天上看，但她什麼也沒看到。

「艾菲，為什麼大家都來到競技場？是有什麼表演嗎？」

「不是表演，而是試煉！」艾菲興奮地說，「今早上課前，突然飛來兩條巨龍四處破壞，哥拉多吉老師認為這是一個好機會，讓勇於挑戰自己的同學測試一下實力，所以召集了大家到競技場來，嘗試馴服這兩條巨龍。」

「什麼？馴服巨龍？」芯言不敢置信，四處張望巨龍的身影。

「吼——」

天空傳來一聲呼嘯，一條火紅色巨龍從雲層直穿而下。

「咦！騎在龍背上的是……」芯言看到晴空上有

一條紅色巨龍，牠左搖右晃的猛地擺脱着騎在背上的少年。

「是安納！」艾菲説着，雙頰一下子染上紅暈，雙眼緊緊盯着勇猛的安納，「你看，他很厲害吧！」

艾菲是個內歛的女生，對於安納的情感從沒有宣之於口，但誰也看得出，她的眼神是多麼欣賞俊朗的安納。

在場女生的高呼聲絕不比巨龍的呼嘯遜色，那當然，風度翩翩的安納是學校的大明星，也是老師重點培訓的學生，他的身邊時刻都被眾多女生圍住，只要與他有關的事情，女生們都會特別重視。

不過在芯言眼中，安納只徒有一副英俊的外表，在他身上卻察覺不到其他值得她欣賞的地方。

安納拚命地抓着龍角，可是巨龍飛翔的速度實在太快了！牠一擺身，安納的雙腿就被拋離龍背，非常危險。

「咦！那邊還有另一條龍！」芯言驚叫，她指着天空的另一邊那條黑色巨龍，問，「騎在黑龍頭上的又是哪一級的學生？」

「那少年並不是亞哈蘭格的學生呢！」

「那麼他是誰？」少年被巨龍拋得在半空轉來轉

去，芯言根本看不清楚他的模樣。

「我也不知道，我從未在學校裏見過他，」艾菲說，「聽說他是跟隨奧滋丁校長回來的。」

「奧滋丁校長不是去了冰雪王域嗎？」芯言問。

「對啊！但是他昨天已經回來了！」艾菲回應着芯言，但她的雙眼未有半秒離開過安納的身影，「而且還帶着這少年。」

芯言凝望着兩條巨龍在天空穿梭，騎在上面的二人看似隨時會被拋下。

「這個試煉要怎樣才算成功？」莫說要芯言騎在龍背上，單是用眼睛追看着兩條巨龍，已令她感到極度眩暈。

「只要成功把巨龍馴服，即是令牠聽從你的指示，那就算通過考驗！」艾菲回答。

「那是沒可能的事啊！」芯言怪叫。

「那又不一定……只是比較困難吧……」艾菲補充說，「很多魔法師都懂得傳心術，可以與動物溝通，不過這些龍都是野生的，加上龍的個性高傲，絕不輕易被駕馭！」

「要是他們被巨龍摔下來，那怎麼辦？」芯言訝異地問。

「剛才試騎巨龍的學生都相繼失敗受傷，你看，獨角老師正在那邊替他們療傷。」艾菲指着競技場邊那條長長的隊伍，他們都是受傷的學生。

「這麼看來，情況並不樂觀呢！」

「在挑戰者中，就只剩下他們兩人了！」艾菲緊張得用力地握着芯言的手，能看出她非常擔心安納的安危。

芯言看着兩條龍朝着相反的方向飛翔，牠們展翅拍翼，拚命抵抗騎在背上那少年的駕馭。

黑龍雙翼大展，如一枝利箭衝進雲層！紅色巨龍則在半空中盤旋，使勁擺脫安納。

「這兩條龍好巨大啊！」紅色巨龍突然衝向競技場的地面，圍觀學生的頭髮都被牠拍翼颳出來的大風吹得亂糟糟，巨龍在着地前再以高速飛到天上，芯言看得傻了眼。

艾菲的眼睛直盯着險象環生的安納，她憂心地說：「這兩條龍的速度和力量都很大，要馴服牠們絕對是件不容易的事！」

「吼——」一道火焰在七彩的天空劃出來。

安納騎着的紅色巨龍突然噴出一條火舌！牠的呼嘯聲徹耳不絕，透響雲霄。

那脾氣不太好的紅火龍似是堅決擺脫背上的安納，牠突然在空中一個大翻身，向下俯衝，快要把安納直掀下來。

「安納！」一眾女生擔心地驚叫出來，安納沉着氣扣住牠的脖子，無論怎麼折騰，他就是緊緊騎在牠的背上。

紅火龍顯然已經憤怒了，牠轉過頭來朝着背上的安納噴出一口火，幸好安納及時使出土之護盾，擋住火舌。

「啊！不要！」女生們的尖叫聲此起彼落，就連芯言也忍不住高叫起來。

就在這千鈞一髮的時刻，身邊忽然又傳來一聲龍嘯！

「吼——」

另一條黑色的巨龍衝破厚厚的雲，與紅火龍並肩齊飛，而龍背上穩穩站着的是那個由奧滋丁校長帶回來的神秘少年。

似乎，黑龍已成功被馴服！

「炎神的火，請借給我力量！」少年伸手向着紅火龍，從他的掌心發出淡淡的光芒，映在紅火龍的額頭上。

聽到少年的叫喚，那條原本煩躁不安的紅火龍霎時一抖，牠跟着黑龍在天空盤旋了幾個圈，漸漸平靜下來，慢慢降落在競技場的中心。

芯言和艾菲，還有叫喊得聲嘶力竭的同學們，都紛紛深舒了一口氣。

兩條巨大的龍，一紅一黑並肩躺卧在競技場上。黑龍上的少年輕鬆的跳下來，滿意的拍拍龍身。

少年長着稜角分明的輪廓，他那深啡色的頭髮被風吹亂，卻添了幾分不羈。

「啊！是柏宇！」芯言心頭一震，她放聲大叫，想也沒想便向着柏宇跑過去。

同一時間，安納從紅火龍背上跳下來，朝着柏宇走去，向他怒喝：「你太多事了！我根本不用你幫忙！」

柏宇露出輕蔑的神態，沒有理會安納，自顧自輕撫着黑龍。

「喂！我在跟你說話！」安納怒視着柏宇，那種眼神中，帶着一絲羞怒的味道。

柏宇那雙烏黑的眸子直接迎着安納碧綠色像寶石一樣的眼珠，雙方的目光互不退讓地鎖着彼此。

「柏宇！終於找到你了！」此時芯言一口氣向着

柏宇跑過來，「這幾天你去了哪裏？」

柏宇先是轉身望向身後，發現根本沒有人，於是望着芯言，問：「你在跟我說話嗎？」

「柏宇！這是什麼時候！還跟我開玩笑！」芯言百感交集，只想儘快跟柏宇回到原本的時空。

「你是誰？我不認識你！」柏宇打量着芯言。

「柏宇……你別說笑，我是芯言啊！」芯言拉着柏宇的衣角，吃吃地說。

「你認錯人了，我不是柏宇，我叫加米帕。」柏宇甩開芯言的手，臉上閃過一抹厭惡之色。

「加米帕？不可能的……」聽到柏宇的說話，芯言的胸口彷彿被勒住，快要被不安擊垮了。

此時，哥拉多吉老師走上前宣告加米帕成功通過考驗，他的馴龍技術獲得全場學生的掌聲，很多學生都走過來打算認識加米帕。芯言本想上前追問，可是圍繞着加米帕的學生實在太多了，她被推到距離他很遠的地方。

加米帕臉上那笑容是芯言從未見過的，但她確信面前的男生除了是柏宇，不可能是其他人。

「哼！」安納不滿地離開競技場。

在獨角老師的大聲咒提示下，各位同學得立即回到課室繼續上課。

芯言為了要接近柏宇，向他追問究竟，於是躲在一旁偷偷跟蹤他。可是當她穿過走廊拐了個彎，柏宇竟然憑空消失了。

「柏宇去了哪裏呢？」芯言探頭出來，四處搜尋柏宇的蹤影。

「你幹麼跟蹤我？」一把冷冷的聲音從芯言的背後傳來，把她嚇得跳了起來。

「柏宇！你差點把我嚇壞！」芯言按着起伏不定的胸口。

「怎麼又是你！」柏宇回頭一看，皺起眉頭說，「我已說過我不是柏宇！」

「沒可能的！你一定是柏宇！」芯言焦急地說，「你怎麼會把我忘掉？」

「如果我真的把你忘掉，那你一定是對我毫不重要！」柏宇淡淡一笑，這種沒溫度的笑容差點沒凍傷芯言。

「柏宇……」望着近在咫尺卻遙不可及的柏宇，芯言一下子不知如何是好。

「你還是離我遠一點。」說罷，柏宇別個臉沒有再理會芯言。

在柏宇眼內，芯言看不到自己的影像，也看不到柏宇的一絲感情。

芯言的眼淚再也忍不住了，她從來沒想過柏宇會忘記自己，淚如泉水的滑過白皙的臉龐。

這個時候，安納不知從哪裏走過來，直直的站在柏宇旁邊。

「加米帕！無論什麼原因也好，讓女孩流淚絕不是男子漢的行為，」安納正氣凜然地說着，又瞄了哭成淚人的芯言一眼，「我們清清楚楚說個明白！」

決鬥吧！安納與柏宇

「你們到底想怎樣？」柏宇不耐煩地問。

「柏宇……你真的不認得我嗎？我是芯言啊！」

「我已經説過我不是什麼柏宇！」柏宇不屑地望向安納，嘴角輕輕往上翹，譏笑道，「原來你們亞哈蘭格的學生不只是魔法差，連記性也這麼差！」

「你説什麼？」安納一手推開柏宇，卻被他閃身避開。

「別忘記你今天已是我手下敗將，要不是我及時出手幫忙，你早就被紅火龍當午餐吃掉！」柏宇揶揄着安納。

「哼！要不是你多管閒事，紅火龍早就臣服於我！」安納氣憤地反駁説。

「不要臉！」

「你敢再説一遍！」

「你們不要吵了！」芯言拉開緊握拳頭的安納。

「不要臉！」

「不要臉！」

「不要臉！」

柏宇的言語再三羞辱一向自負的安納，令安納感到極度氣結。

「我們用魔法決一勝負吧！」氣得臉紅耳熱的安納説罷，兩指一彈，三人立即從學校走廊來到後山空地。

受到空間移動影響的芯言意識有點迷糊，她看到四周的環境，猛然驚呼：「這不是魔法學校的後山嗎？為什麼我們一下子會來到這裏？」

「原來你懂得空間轉移的魔法！」柏宇神情悠哉地邁開步伐，不刻意地打量着安納。

「在這個地方比試，沒有人會阻止我們！」安納冷冷道。

「這是空間轉移的魔法嗎？」芯言嚇了一跳，驚訝地説，「安納你很厲害啊！」

「哼！不過是小小的把戲！」看到芯言一臉拜服的神情，柏宇心底有一種難明的妒意，於是他掀起嘴角故意挑釁安納，「你選這個地方比賽也不錯，起碼一會兒被我打敗了，也不會被其他人嘲笑！」

「你少得意！」安納在面前畫一個圓，雙手一推，一股強大氣流向着柏宇衝過去。

柏宇還未準備好，就被氣流彈開，當他打算跳起避開時，另一股氣流從上面把他壓着。

「可惡！」柏宇雙手交疊在面前，然後用力一揮，一道強風像利刀斬開安納所使出的氣流攻擊。

「停啊！」芯言跑過來，擋在二人的中間，「你們不要鬥了！」

「等我幫你教訓一下這個沒禮貌的小子！」安納把芯言拉開，狠狠地盯着柏宇。

「我沒有聽錯吧，你説是誰教訓誰？」柏宇捧着肚子，笑得差點連嘴巴也合不攏。

此時，天空中灰雲攢動，漸漸成為一個旋渦，旋渦的中心乍現出神奇的極光。

芯言訝異地抬起頭，在極光中人隱約見到一個啡黑色的身影，便問：「那是什麼來的？」

「是時空裂縫！」安納驚呼。

「時空裂縫不是在幾種不同的魔法力量撞擊下才會產生嗎？難道剛才你和柏宇的比拼製造出時空裂縫？」

「哈哈哈哈！終於給我找到你們了！」一把沉厚的聲音從黑影傳過來，一個披着褐色斗篷的人由遠至近飄到三人的跟前，「原來你們逃到這個時空來！」

芯言伸長脖子打算望清楚褐色斗篷內那臉頰的長

相，可是窺伺下發現斗篷內竟然是漆黑一片，並沒有臉孔。

「什麼？斗篷內並沒有人！」芯言驚叫。

「那個只是分身，裏面沒有身體的！」柏宇怒視着褐色斗篷，問，「你到底是誰？」

「嘻嘻……我就是奉黑暝領主之命來取你們的命！」褐色斗篷內傳來陰森詭笑。

「你是專程來對付我們的？」芯言強忍身體的抖震，向他確認。

「你們兩個可惡的小鬼頭上次闖入魔幻噴泉，還斗膽解開了黑曜石的封印，」褐色斗篷把聲量提高，「黑暝領主已得悉星光寶石未完全被毀滅，殘餘的星光寶石力量對於黑暝秘域來說是一個很大的威脅，他已下令要把你們消滅！」

「黑暝領主……魔幻噴泉……我好像在哪裏聽過……」聽到這些名字，柏宇腦內的神經傳來一下刺痛。

「哼！你們竟敢打傷我派出的藍色搜捕精靈，還狡猾地逃到這時空來，害我東奔西跑穿插了幾千個不同的時空領域！」褐色斗篷向着他們飛過來。

「逃到這時空？你說什麼？」安納聽得糊裏糊

塗，他轉身望着芯言打算問個究竟，可是看到芯言那一張發白的臉跟他一樣迷失。

「受死吧！」褐色斗篷的帽子內突然鑽出無數的飛蟲撲向三人。

「嘩！那是什麼怪東西？」芯言看到一羣像拳頭般大的飛蟲向他們撲來，她嚇得躲在安納背後。但圍着他們的飛蟲數量越來越多，根本無路可走。

「火焰攻擊！」柏宇高呼，他伸手發出一團熊熊烈火，燒焦了一大堆飛蟲。

「卡勒卡，啐啐停！」安納唸出咒語，正向着他衝過來的飛蟲立即凝住在半空，一動也不動。

褐色斗篷見安納和柏宇順利擋住飛出來的飛蟲，吃吃地笑着説：「有意思！」

正當柏宇打算向褐色斗篷發動攻擊，對方卻揮舞一雙袖子，半空立即出現一個由灰色咒文組成的圓環。

「他想做什麼？」芯言緊張地問。

「一定不會是好事吧！」安納站穩雙腳，嚴陣以待。

芯言望向柏宇，他眉頭緊皺，看出他感到前所未有的壓力。

一隻魔獸首先從其中一個灰色的圓環跳出來，直奔向三人。牠還未撲到，第二隻、第三隻魔獸已經相繼跳出來。

芯言見狀嚇得全身乏力，當場癱軟跪地。

「是傳送魔法環！褐色斗篷把魔獸召喚到來！」安納把背靠着柏宇的背，避免魔獸從二人身後攻擊，「我們聯手對付魔獸吧！」

「安納，你不是懂得空間轉移的魔法嗎？」芯言靈機一動，連忙提議，「快把我們傳送去別處吧，越遠越好！」

「不行呢！空間轉移消耗的魔法力量太大了，我剛剛已用了一次，要好一段時間才能再次使用，而且傳送的地方也不可能太遙遠！」安納無奈地說。

「那我們怎麼辦？」芯言看着從魔法陣內源源不絕湧出來的魔獸，怕得臉色由白轉青。

「去吧——」隨着褐色斗篷魔杖一揮，四周發出震耳欲聾的怪叫，圍在柏宇等人身邊的魔獸羣紛紛衝向他們。

「我有一個更好的主意！」柏宇靈光乍現，把手指放在嘴巴前，吹出響亮的口哨。

安納和芯言正想問個究竟，突然不遠處傳來兩聲吼叫。

「那是什麼？」芯言望向天際。

是黑龍和紅火龍！

穿破長空的兩條巨龍展翅降落在柏宇面前，從灰色的魔法環蜂擁而出的魔獸被巨龍的氣勢壓倒，暫時不敢妄動。

「來吧！」柏宇趁機拉着芯言的手腕，把她推到黑龍的背上，自己坐在她後面。

黑龍在柏宇的指令下振翅高飛，柏宇在半空中回頭向安納打了個眼色，說：「記着，巨龍不屬於任何人，不可硬要牠臣服於你！」

安納一怔，突然明白柏宇的意思，他終於知道今天在考驗中失敗的原因。

安納嘗試伸手去撫摸紅火龍，紅火龍卻向他吼了一下。他心一驚，雙腳不聽使喚的退了半步，在他身後的魔獸立即蠢蠢欲動。

安納握緊拳頭告訴自己：「我一定能夠做到！」

安納再次邁向紅火龍，他放下原本的氣焰，誠懇地對紅火龍說：「尊敬的紅火龍，我需要你的幫忙。」

「對不起，今天冒犯了你！」安納真誠地向紅火龍伸出右手，他的手心散出淡淡的光，「請求你幫我一次，就一次！」

紅火龍眨眨眼睛，牠好像聽到安納內心的呼喚，於是伸長脖子向安納嗅了一下，然後壓低身體，讓安納騎上去。

「謝謝你！」安納跳上去抱着龍頸，紅火龍雙爪用力一撐，在半空張開翅膀，向着柏宇和芯言飛去。

巨龍的飛行速度驚人，一下子便衝出雲層，把一大羣魔獸遠遠拋離。

「嘩呀！」飛在半空中的芯言嚇得失聲驚叫，她把渾身顫抖的身體貼住巨龍，雙手雙腳緊緊地鉗住牠。她閉緊眼睛不敢往下望，那離心力和高速飛翔的感覺比坐過山車還要可怕得多。

「嘻嘻，你們想逃到哪裏去啊？」褐色斗篷早已用轉移魔法來到他們的跟前，那空蕩蕩的衣袖在半空中晃呀晃，就像掛在窗外的汗衣被強風吹歪一樣。

「怎麼辦？」芯言見前無去路，而雙方的力量實在太懸殊了。

「我沒空再跟你們玩！魔獸們，合體吧！」一道黑芒從褐色斗篷那魔杖上的骷髏射出，霎眼間把其中三隻魔獸——一頭巨大的魔獅、一頭羊妖與及怪蛇團團罩着。數秒間，黑芒散去，眼前竟變出一隻兇暴獅子模樣，身上再長着猙獰山羊頭顱，而尾巴是一條巨大蟒蛇的妖獸。

「是喀邁拉！」安納驚叫。

「是傳説中十大妖獸排行第九的喀邁拉，我曾在《妖怪大全》內看過牠的圖畫！」芯言叫道。

三人還未來得及回神，喀邁拉已張開嘴巴向他們撲來。

「快走！」柏宇號令黑龍轉身逃走，可是喀邁拉的速度實在太快了，黑龍躲不過牠的攻擊，嘭一聲被撞得高速俯衝而下。

柏宇和芯言被拋到半空中團團轉，柏宇一手抱住芯言，嘴巴急速唸出咒語：「風之翅膀，風翼術！」

柏宇和芯言被一陣強風包裹着，就像置身於一個旋渦之中。強風雖然減慢了他們下墜的速度，但拋出的力量實在太大了，最後二人撞向一棵大樹。

「芯言！」柏宇本能地大喊。

柏宇一怔，一股奇怪的感覺從心底湧出，他不明白自己為何會呼叫這名字。他把目光投向身邊的芯言，剛才保護着芯言一跌，他似乎憶起了一些什麼，但腦海裏的畫面仍然模糊不清，而望着眼前的芯言，更令他心頭泛起了一點漣漪。

柏宇覺得，眼前的少女好像對他很重要，但他又說不出為什麼，只知自己的心臟突然撲撲亂跳。

芯言發現剛才柏宇一直緊緊護住她，才令她只受了一點輕傷。

「你們怎樣？」安納指示紅火龍降落地面，他踉踉蹌蹌的跑向柏宇和芯言，看到他倆的手和腳都擦傷了。

「沒事！」柏宇按着自己的後腦，抬頭盯着在黑夜中雙眼發出紅光的喀邁拉。

「看來，我們已經無路可走了。」安納聳聳肩，「我們的比試似乎要押後了！」

「真可惜！」柏宇掀起嘴角望着安納，雙眼閃着欣賞的光彩，「放心，我會保護你的！」

「呵呵！你別搶了我的對白吧！」安納淡淡地笑了一下作回應。

安納與柏宇對望，一種互相敬重、惜英雄重英雄的感覺油然而生。

芯言突然生出一個疑問：「怎麼出現這麼龐大數量的魔獸，還有這頭傳說中的妖獸喀邁拉，魔法學校內的老師卻毫不察覺，到現在還沒有一個人前來調查？」

「這還用說？一定是褐色斗篷設下強大的結界，形成一個跟外面隔絕連繫的空間。我們剛才慌亂間不知不覺，落入他的陷阱。」安納抹去把汗，說，「現在困在裏頭，唯一的求生方法就是必須打倒眼前這塊令人討厭的枱布！」

「嘿嘿……年輕人勇氣可嘉啊！原本只要束手就擒就可以少受一點苦，但你們偏要充英雄反抗，」褐色斗篷故意提高聲音說，「不過，充英雄的總要付出代價，何況是像你們這種乳臭未乾的半桶水魔法學徒！去吧，喀邁拉！」

那頭喀邁拉實在兇猛，牠敵我不分，誰擋在牠面前都給一口噬掉，不少魔獸也成為牠誕生後的食糧。

此時，安納兩手祭出他最得意的魔法武器——魔法飛輪。這個飛輪既可以像回力鏢般發出再在特定的軌跡下收回手中，亦具備保護主人的意識而自動變成魔法護盾，是一件非常厲害的攻防武器。

就連獨角老師也私下跟奧滋丁校長說過，安納除了擁有驚人的魔法天分外，更有可能是未來保護魔法學校的一位重要人物。所以一直以來，他都是魔法學校重點培訓的學生，更是一眾老師眼中的明日之星。

安納擋在芯言前張開魔法護盾，以防喀邁拉突擊。

而剛才被喀邁拉撞傷的黑龍也趕過來跟紅火龍一起，冒死擋在三人前面。牠們無懼兇殘無比的喀邁拉，唯一目的就是要保護兩位小主人——柏宇和安納。

喀邁拉瞬間已奔至巨龍身前，只見牠出奇不意揮動那蟒蛇的尾巴，把紅火龍狠狠掃走，再用那對強而有力的獅子前臂把黑龍牢牢壓在地上，然後那山羊頭張開長滿尖齒的嘴巴，一口噬咬黑龍那粗壯的頸項。

本已受傷的黑龍受到這一擊，哀嚎一聲倒在地上。

「黑龍——」柏宇大喊。

黑龍痛得發出嘶心的哀嚎。

「快停止！」芯言的心感到無比的痛，她雙手掩着眼睛不忍心看下去。

站在芯言身邊的安納亦嚇得膽戰心驚，他沒有料到兩條巨龍面對喀邁拉竟全無還手之力。

「替我消滅牠！」褐色斗篷號令喀邁拉。

突然，柏宇喊叫一聲：「出來吧！生於盤古初開，從地心之火提煉出來的『炎神之刃』！」

柏宇雙手合十，手掌朝相反方向轉動，在他右手食指上的魔法指環發出鮮紅色的光，一把火紅耀目的寶劍從魔法指環上伸出來，同時，炫目的光芒貫穿天際。

芯言目睹眼前一切，知道失陷於時空裂縫而來到魔幻國的柏宇，跟她失散後一定遇上了不平凡的奇遇。面前這個自信非凡的柏宇，比從前她認識的，眉宇間更添了幾分英偉。

雙手握着「炎神之刃」的柏宇擺起隨時攻擊的架式，但沒有人察覺到柏宇額上冒出的汗珠越來越多，握着劍柄的手掌皮膚變得越來越通紅。

柏宇雖然得到奇遇令他成為「炎神之刃」的主人，但終究是魔法道行未夠，還未有足夠的力量駕馭它。他早被叮囑如非必要，千萬不要妄用「炎神之刃」。

此刻，在柏宇的腦海內只有一個念頭，黑龍是他的守護獸，更是他的朋友，他絕不容許喀邁拉傷害黑龍。

嗜戰的喀邁拉感應到柏宇不斷提升的魔法力量，牠鬆開咬着黑龍頸項的巨口，用蟒蛇的尾巴捲起奄奄一息的黑龍拋向柏宇，繼而從口中噴出地獄之火。

雖驚不亂的柏宇勉強避開過喀邁拉的攻擊，他騰空躍起，半空中把身軀捲作一團作加速，像一個滾輪般滾到喀邁拉背脊後方。

炙熱的紅光一閃，柏宇揮劍向着目標暴斬。

「好啊！」安納忍不住歡呼。

「柏宇！」芯言咬着唇，替柏宇抹一把汗。

「可惡！」褐色斗篷恨得咬牙切齒。

只見剛才還兇暴威武的喀邁拉發出受傷的怒吼，而地上則多了一條在蠕動的巨型蟒蛇。對啊，柏宇剛才的一擊，就把喀邁的尾巴從牠的身體分家。

「厲害啊，僅一擊便替黑龍狠狠地報仇了！」安納對柏宇刮目相看。

柏宇按着胸口，氣呼呼的單膝跪倒在地上，而右手握着的「炎神之刃」則插在地上，支撐着他的身體。

剛才的一擊恐怕已超出柏宇可以承受「炎神之刃」力量的總負荷，他的身體開始出現力量反噬，霎時全身的氣力彷彿被抽乾似的。不要説再向喀邁拉發動攻擊，現在就連抬起一根手指相信也很難做到。

失去蟒蛇尾巴的喀邁拉怒盯着柏宇，就一瞬間，牠已感覺到柏宇身體的異樣。善戰的喀邁拉不會錯過機會，牠張開猙獰的巨口，向着柏宇吐出一個黑色的流星球。

「柏宇小心啊！」芯言大叫，她全身散出紫光，感到身上的一股力量隨時釋放出來。正當她打算呼叫變身咒語，一聲震耳巨響在柏宇那邊傳來。

「轟——」

流星球在撞擊後爆破！

柏宇仍舊跪倒在地上絲毫無損，而倒臥在他面前的另有其人。

「安納……你在做什麼……」柏宇很想上前扶起不省人事的安納，但他差點連說話的力氣也沒有。

原來剛才在迅雷不及掩耳間，安納犯禁在短時間再次使用瞬間轉移魔法，頃刻擋在柏宇身前。他交叉雙手，讓手上的魔法飛輪自行啟動防禦狀態，變成一個巨大的魔法護盾，把喀邁拉發出的流星球拒諸門外。

雖然如此，喀邁拉的攻擊力實在太強大了，安納擋下一擊後，亦被爆發的氣流衝擊得受傷倒地。

情況變得很糟糕，柏宇失去戰鬥力，安納失去意識，而張牙舞爪的喀邁拉只失去一條尾巴。

「還等什麼，替我消滅他們！」褐色斗篷對喀邁拉的表現顯得不耐煩。

「吼——」喀邁拉暴叫一聲準備撲殺二人，但天空突然出現的異變令牠止住攻擊。

是一道迷幻的彩光在半空中盤旋出現，彩雲呈現一個螺旋形狀，彷彿一枝巨大的湯匙在天空中攪拌着一樣。

乍現的異象令褐色斗篷為之一震。

謎之魔法少女登場！

「是誰打開了時空裂縫？」褐色斗篷感到驚訝，他感覺到有一股強大的力量漸近，「豈敢阻我？立即攻擊！」

喀邁拉領命向着時空裂縫發動攻擊，牠張牙舞爪的連續射出三個巨大的黑色流星球。

與此同時，時空裂縫竟傳來一陣耀眼的紅光，在紅光中出現一位長髮少女。她身穿一件剪裁貼身、胸口鑲着一顆瑰麗寶石的棗紅色背心戰衣，配襯着在風中飄揚着的白色短裙子。她那纖幼的雙手戴上深啡色的皮革手套，左臂架着一個火鳳凰模樣的護盾，這一身的裝束卻遮擋不住那一份渾然天成的高貴氣質。

「是你？」褐色斗篷高叫，似乎他早已認識紅光少女。

紅光少女的眉宇之間有一種超越了她年齡的英氣，在她彎彎的柳眉下，裝着那雙清澈靈動的明眸和鬈翹的睫毛，配襯着那秀挺的鼻子、微微泛紅的粉腮和嫩滑的雪肌，盡顯她的高傲和美麗。

少女在半空中翻身，輕鬆地避過流星球的攻擊。

那把似乎隨時會燃燒的橘紅色頭髮輕盈地飄起，然後乖巧柔順地垂在肩膀上。

「可惡！」褐色斗篷對於突如其來阻礙他計劃的紅光少女感到極度憤怒。

那少女沒有理會褐色斗篷，雙腳剛着地的她竟立即擺出攻擊姿態，她的目標是喀邁拉。她伸出左手，那個鳳凰形狀的護盾展開翅膀，隨即變成一把弓，而引弓待發的她已瞄準了眼前這隻兇惡的妖獸——喀邁拉！

「迷幻紅晶，施展你最耀眼的光芒！」少女高呼，貫滿紅光的弦瞬間蛻變成一隻像有生命般的赤色火鳳凰，衝向喀邁拉。

「喀邁拉！全力攻擊！」剛才顯得遊刃有餘的褐色斗篷竟然緊張得連聲音也變尖。

「嗤——嗤——嗤——」幻化成火鳳凰的魔法光箭突然像陀螺般急速旋轉，形成一股火焰旋風，目標直指兇猛無比的喀邁拉心臟位置。

「轟！」在火焰魔法光箭碰上喀邁拉噴發出來的巨大流星球那一瞬間，魔法箭以摧枯拉朽之勢穿破流星球，再而分毫不差地沒入喀邁拉的心臟。

「太厲害了吧！」剛被烈風吹得撞倒在大石上的

柏宇不禁驚歎。

柏宇顧不得被大石撞得隱隱作痛的頭顱，只是緊緊握着插地的寶劍，勉力不被烈風再次捲走。他除了關注戰局，更目不轉睛地望着守在安納身旁的芯言，腦海不斷湧出一幕又一幕熟悉的片段。

此刻，他望着芯言的目光再不一樣。

他醒覺了！

他，不止是擁有「炎神之刃」的加米帕，還是一直與芯言互相扶持的柏宇！

「可惡！」從喀邁拉頭上躍跳至老遠的褐色斗篷恨得牙癢癢地喊叫。

「哼！現在是收拾你的時候了！」少女指着褐色斗篷。

「沒那麼容易！」在大風中狂飆的褐色斗篷揮動衣袖上的骷髏魔杖，一束又一束的黑色魔法電光射向中箭後不停在地上痛苦翻滾着的喀邁拉。

霎時間，原本瀕死的喀邁拉渾身帶着黑色電流，牠好像不再感到痛苦，站起來向着天空不斷發出駭人的嘶叫聲。牠的身體更頃刻間似是充滿電流般，全身肌肉不斷膨脹、繃緊，達到快要爆破的狀態。

「牠快要爆破了！這樣不……不止這裏，就連遠至亞哈蘭格魔法學校範圍都會被波及！」剛恢復意識的安納驚見喀邁拉的異樣，出盡力喊叫提醒眾人。

「嘿嘿……太遲了！」褐色斗篷停止向喀邁拉輸入電流。

褐色斗篷騰空而飛，揮動他手上的骷髏魔杖，唸唸有詞地說出咒語，在他頭頂上的天空乍現出一道黑色的裂紋，隨之而來的是極光異象。

「時空裂縫？」與喀邁拉對峙着的少女不明白褐色斗篷的意圖。

「他想逃走！」聰明的柏宇經已想到褐色斗篷的下一步行動，「安納說得對，是與敵俱亡的攻擊。那妖獸的身體抵受不住魔法電流，即將爆炸，與我們同歸於盡，而褐色斗篷打算逃之夭夭！」

「想到經已太遲，再見了！」少女正想衝去逮住褐色斗篷，但他早已躍進時空裂縫之內，裂縫臨關閉前，只聽見他留下一句，「我要回去稟告黑暝領主，好樣他知道我一次過把兩個擁有星之碎片的少女消滅，哈哈哈……」

時空裂縫在餘音下再次關上。

「怎辦好？」安納沮喪地問。

「還未絕望的！」少女擺出攻擊架式，一拉弓，在鳳凰魔法弓上同時拉出八枝赤紅的魔法光箭。

「不！要是你攻擊牠，就會立即引爆牠啊！」柏宇用僅餘的氣力喊出來。

「迷幻紅晶，施展你最耀眼的力量，火鳳凰天羅地網！」

柏宇還未說完，少女便把手上八枝蓄勢待發的魔法光箭射出，但目標並不是快要爆破的喀邁拉，而是射向妖獸的頭頂。

那八枝魔法箭似有智慧般飛越妖獸頭頂，再自動插在喀邁拉身邊八個方位，然後幻化出八隻振翅的火鳳凰。火鳳凰拍翼鼓動四周的氣流，形成高溫灼熱的氣流火網，把快要爆破的喀邁拉團團圍住。

「呱！」把餘下的魔獸羣消滅掉的紅火龍飛回安納身邊，以巨翼覆蓋着安納，有靈性地保護着牠的主人免受爆炸衝擊傷害。

「還不夠！」柏宇喊道。

「什麼？」少女循着柏宇所指一看，在火鳳凰結成的火網間果然開始出現撕破的裂紋，而裂縫間更湧出黑色的魔法電流！

「完了……」安納握着拳，閉上眼不敢想像即將發生的悲劇。

「未完的！」柏宇回頭望向芯言，「芯言，還猶豫什麼？是時候顯示你的實力了！」

「我？」芯言被柏宇一喝，一時間回過神來望着柏宇。

柏宇對着她笑道：「你忘記了自己的身分嗎？你忘記我們從前在魔幻國攜手退敵的經歷嗎？你忘記怎樣跟我在學校後山布下魔法陣捉藍色精靈嗎？」

柏宇舉起戴着魔法指環的右手，一道赤紅的火焰隨即在半空中劃過：「芯言，我記起你了……」

芯言的眼淚，從眼眶裏大顆大顆地滾出來。

「對不起，讓你傷心了。」柏宇伸出還帶着火焰微溫的手指，那麼溫柔地，幫芯言擦去眼淚。

聽着柏宇的話，芯言激動得淚水不斷從眼眶湧出來。柏宇指着困在魔法火網中的喀邁拉，篤定地笑說：「是時候給大家看看你的厲害啦！」

「嗯！」芯言回復自信的笑容，她不再恐懼。不知何故，只要柏宇在她身邊，她就感到安心，這是信賴的感覺。

「她？」少女疑惑地望着芯言。

就在這時，芯言高呼一聲：「紫晶星光力量，變身！」

在危急的時候，一襲紫光結成一張巨網，迅速包裹着芯言的頭髮和身軀，一個巨大的紫色魔法陣從芯言腳底出現，漸漸由下而上穿過她的身體。

轉眼間，芯言的身體閃耀着紫色光芒，她換上了一身紫色和粉色的華麗戰衣，手腕上配戴着手環，雙腳套上短靴，額前那細碎的劉海下露出了一條鑲嵌着紫水晶的額環，正正壓在眉心。

「是紫晶星光力量？」

變身後的芯言令在場的少女和安納大感意外，尤其擁有紅晶的少女，萬萬想不到眼前一直無甚表現的芯言，竟然跟她一樣是星之碎片的主人。

「那妖獸要爆炸了！」安納驚叫。

「芯言——」柏宇叫道，「趁魔法網還困着妖獸，使出星之碎片的力量吧！只有你的紫晶星光力量可以淨化一切。」

柏宇相信芯言，相信她的力量會是最後的機會。

「古老的光之魔法至高無上……出來吧，神聖的光之魔杖！」芯言把魔杖雙手握着再高高舉起，然後高呼，「可惡的妖獸，看吧！紫晶鎖鏈，淨化！」

耀眼的紫光從芯言手上的光之魔杖激射而出，就在快到達魔法火網上空之際，紫光變成一堆咒語符碼，符碼由頂而下，順時針盤旋纏繞着喀邁拉。

淨化的紫光夾雜着禁鎖的紅光，完全把散發着黑色電光的喀邁拉掩蓋下去。最後，牠全身射出一襲紫紅強光，當光芒褪去後，原本兇猛無比的喀邁拉消失了，取而代之的是一頭初生的幼獅和一頭初生的山羊蜷縮在地上，而擱在不遠處被柏宇斬下的蟒蛇尾巴，則變為一條幼長的小蛇。

「成功了！」柏宇興奮得大喊。

「真的……成功了！」安納的臉上似是寫上難以置信幾個字。

「謝謝你！」芯言走到少女身邊道謝。

少女點點頭，她伸出握着鳳凰弓箭的手，那鳳凰竟脱離少女的手腕飛出來。牠高叫一聲，在少女面前劃出一道紅色的時空裂縫。

「原來一直在她手上的武器是一隻時空系的魔法精靈！」安納驚呼。

「等等啊！」芯言問少女，「可以告訴我，你叫什麼名字嗎？」

「希比。」少女灑脱地說，然後躍進時空裂縫。

「我們還會再見嗎？」芯言問。

「也許吧，」少女揚起彎彎的眉毛，她在裂縫閉合前的一刻說，「我的任務還未完成。」

同時間，安納他們發現剛才褐色斗篷布下的結界褪去。而這個時候，一把熟悉的聲音在他們不遠處喊過來。

「發生什麼事？」是獨角老師，他身後還有哥拉多吉老師和凱田老師。

安納向老師們簡述期間，哥拉多吉老師一邊施展治癒魔法替他們治療，一邊望向四周戰鬥的痕跡，他意識到面前這三個小伙子擁有無窮魔法潛能，而凱田老師則替重傷的黑龍和紅火龍施下高階的魔法治療。

「就是這樣了。」安納好不容易一口氣把整件事的始末說完，「哥拉多吉老師，剛才那褐色斗篷布下了結界，你們是怎樣找到我們呢？」

凱田老師把由喀邁拉分解開來的三隻小魔獸收入一個魔法瓶內，再放回他的背包裏，溫柔地說：「這個結界的確厲害，我們完全感應不到魔獸的出現，亦察覺不到你們遇到危險。讓你們得孤身與敵人作戰，真抱歉。」

「馴龍試煉後所有同學也陸續回到課室，只有安納和芯言遲遲還未回來，艾菲擔心你們的安全，所以特地通知我們。」哥拉多吉老師說，「我們用魔法搜尋整個校園，也找不到你們的位置，就連兩條巨龍也不知影蹤，知道當中一定有問題，於是立即出來四處查看。」

「應該就是那紅色和紫色的星光魔法力量，令原本隱藏得很好的強力結界出現破綻。當我們趕到來的時候，殊不知戰鬥原來已結束，」獨角老師抬頭望着半空，厲聲道，「若給我早點來到，我就要那個沒臉見人的褐色斗篷知道我的厲害！」

此時，半空中畫出一個銀色光環，一位穿着白色魔法袍，頭上戴着黃色尖帽子，渾身散發智者的氣息，舉手投足都有着攝人風範的老者從光環走出來。他望着芯言、柏宇和安納，滿意地點頭，說：「呵呵！大家都辛苦了！」

「是奧滋丁校長！」奧滋丁校長是魔幻國出色的大魔法師，他一直都是安納的偶像。安納一見他，連忙站起來向他敬禮。

「原來老伯伯就是奧滋丁校長！」芯言一怔，她望着校長突然記得起昨晚在星夜下發生的事，心裏突然泛出一種溫暖的感覺。

奧滋丁校長走向芯言和柏宇，雙手搭着他倆的肩膀，慈祥地說：「芯言、柏宇，你們在這裏的使命經已完成，是時候回到原來的地方，繼續你們的旅程了。」

「他們要離開這裏嗎？」安納上前追問校長。

奧滋丁校長微微點頭。

安納強忍着失落的感受，裝出輕鬆的樣子，問柏宇和芯言：「那麼，我們會再見嗎？」

柏宇別個臉，不知如何回應。

事實上，一直是獨行俠的柏宇十分欣賞安納，難得找到一個能夠並肩而行的戰友，他絕不想就此失去聯繫。可是，縱使他多麼不捨和難過，他也得離開，亦不知道大家會否再有重逢的機會。

「一定會的！」雙眼通紅的芯言放聲說，就連聲音也變酸了。

柏宇和芯言緊緊擁抱着安納，三人的眼眶都載滿淚光，心裏的千言萬語，此刻都盡在不言中。

漸漸恢復體力的黑龍也彷似知道要與柏宇分離，不捨地把頭靠向柏宇身上摩挲，嘴巴發出依依的聲音。

「黑龍，多謝你！」柏宇緊緊抱着黑龍，心裏湧出一份無法言喻的傷感。

校長奧滋丁在空中畫出一個銀色的光環，內裏透出迷幻的極光。校長點點頭，示意二人走進去。

「再見了，安納！」

「再見了，哥拉多吉老師、凱田老師、獨角老師！」

「謝謝你，老伯伯！」芯言走進時空裂縫，回頭望着奧滋丁校長，心裏默默地說。

隨着時空裂縫關上，芯言和柏宇結束這趟驚險的魔法學校冒險旅程。而進入時空管道的他倆，正按照奧滋丁校長所規劃的路線返回原來的世界。

一次誤打誤撞的時空旅程令這兩個被命運選中的孩子迅速成長，芯言和回復記憶的柏宇都很想知道對方究竟經歷了什麼樣的奇遇。而他們都知道，大家在對方的心中早已佔着很重要的地位。

在未來迎接他們的將會是更多更驚險、更有趣的事情！

「騰騰！」芯言從時空裂縫走出來，她一眼看到的就是小兔子形態的騰騰。

「芯言，你們剛才去了哪裏？怎麼會從時空裂縫中走出來？」騰騰瞪大圓圓的雙眼，他覺得面前的芯言和柏宇都彷彿有點說不出來的改變。

「我們終於回來了，實在太好了！」芯言緊緊抱着騰騰。

「其他的事還是遲一些才說吧！現在我有更重要的事要你們幫忙啊！」騰騰緊張地說。

「什麼？難得回來，給我先回家睡一覺啊。」柏宇打了個呵欠，他看看手錶，發現他們在原來的世界只離開了半天。

「不不！你們快跟我來，我經已知道另一塊星之碎片的下落了！」

「什麼？」

魔法書，請問……

神獸「鳳凰」與妖獸「喀邁拉」究竟是怎樣的生物？

神獸與妖獸

神獸與妖獸的傳説在中西方古老典籍都有記載，而「鳳凰」和「喀邁拉」分別正好來自一中一西的典籍傳説當中。

「鳳凰」在中國遠古的先秦經書《山海經》已有記載。「鳳凰」最初分別叫「鳳鳥」和「凰鳥」，前者是雄性，後者是雌性，後來隨着時代轉變，兩者合二為一，稱為「鳳凰」。「鳳凰」是鳥中之王，代表祥和、太平和尊貴，是一種吉祥的瑞鳥。傳説「鳳凰」是火神的化身，代表浴火重生，被喚作不死鳥的神獸「火鳳凰」。

至於「喀邁拉」，牠曾記載於西方古籍《書庫》中。據説這是一隻在獅子身上長出山羊頭，尾巴為一條巨大毒蛇的妖獸。當牠憤怒時會噴出摧毀一切的火焰，亦會把所有生物鯨吞作為食糧。相傳這隻在希臘妖獸榜名列十大的兇殘妖獸「喀邁拉」，最後是被希臘神話中的英雄——柏勒洛豐殺死。

時至今日，雖然很多人都會把這些神獸妖獸視之為幻想中的傳說生物；但另有一些研究古老傳說的學者認為，這些在典籍被描繪得活靈活現的妖獸，或者其實真的在很久很久以前的世界當中存活過。

你呢？你寧願相信牠們是傳說的生物？還是真實的異物？

星之魔法少女2

魔法的覺醒

作　　者：車人

繪　　圖：蕭邦仲

責任編輯：林沛暘

美術設計：李成宇

出　　版：新雅文化事業有限公司
香港英皇道499號北角工業大廈18樓
電話：（852）2138 7998
傳真：（852）2597 4003
網址：http://www.sunya.com.hk
電郵：marketing@sunya.com.hk

發　　行：香港聯合書刊物流有限公司
香港新界大埔汀麗路36號中華商務印刷大廈3字樓
電話：（852）2150 2100
傳真：（852）2407 3062
電郵：info@suplogistics.com.hk

印　　刷：中華商務彩色印刷有限公司
香港新界大埔汀麗路36號

版　　次：二〇一九年八月初版

ISBN : 978-962-08-7334-8

18/F, North Point Industrial Building, 499 King's Road, Hong Kong

Published and printed in Hong Kong